I0703531

La sua DUCHESSA

LIBRI DI LUCINDA BRANT

— I Roxton, i primi anni —
NOBILE SATIRO
LA SUA DUCHESSA
IL SUO DUCA
LE LORO GRAZIE

— La saga della famiglia Roxton —
MATRIMONIO DI MEZZANOTTE
DUCHESSA D'AUTUNNO
DIABOLICO DAIR
LADY MARY
IL FIGLIO DEL SATIRO
ETERNAMENTE VOSTRO
CON ETERNO AFFETTO

— I gialli di Alec Halsey —
FIDANZAMENTO MORTALE
RELAZIONE MORTALE
PERICOLO MORTALE
CONGIUNTI MORTALI

— Serie Salt Hendon —
LA SPOSA DI SALT HENDON
IL RITORNO DI SALT HENDON

Lucinda Brant scrive romanzi e mistery ambientati nell'era georgiana, famosi per la loro arguzia, l'atmosfera drammatica e il lieto fine. Ha una laurea in storia e scienze politiche ottenuta all'Australian National Universiry e una specializzazione post-laurea in scienza dell'educazione della Bond University, che le ha anche assegnato la medaglia Frank Surman.

Nobile Satiro, il suo primo romanzo, ha ottenuto il premio Random House/Woman's Day Romantic Fiction di 10.000 $ ed è stato per due volte finalista del Romance Writers' of Australia Romantic Book of the Year.

Tutti i suoi libri hanno ottenuto riconoscimenti e premi e sono diventati bestseller mondiali.

Lucinda vive in quella che chiama 'la sua tana di scrittrice' le cui pareti sono ricoperte da libri che coprono tutti gli aspetti del diciottesimo secolo, collezionati in oltre 40 anni… il suo paradiso. È felice quando i lettori la contattano (e risponderà!).

lucindabrant@gmail.com | lucindabrant.com

MIRELLA BANFI

QUANDO NON STO LEGGENDO, passo il tempo libero traducendo i libri che mi sono piaciuti, per dare anche ad altri la possibilità di leggerli in italiano. I vostri commenti sono importanti, mandatemi un messaggio a:

mirella.banfi@gmail.com

La sua DUCHESSA

I ROXTON, I PRIMI ANNI — SECONDO VOLUME

SEQUEL DI *NOBILE SATIRO*

Lucinda Brant

TRADUZIONE DI MIRELLA BANFI

A Sprigleaf Book
Pubblicata da Sprigleaf Pty Ltd

La sua Duchessa: Sequel di *Nobile* Satiro.
Copyright © 2024 Lucinda Brant.
Traduzione italiana di Mirella Banfi.
Revisione a cura di Marina Calcagni.
Progettazione artistica e formattazione: Sprigleaf.
La copertina si ispira al quadro: *Madame Charles Mitoire, nata Christine-Geneviève Bron, con i suoi figli, mentre allatta uno di loro*, di Adélaïde Labille-Guiard.
Portantina: fiorone decorativo di Sprigleaf.
Tutti i diritti riservati.

Disponibile come e-book e nelle edizioni in lingua straniera.

ISBN 978-1-922985-20-0

10 9 8 7 6 5 4 3 2 1   Copertina Rigida - Edizione Biblioteca   (i) I

DRAMATIS PERSONAE

La famiglia Roxton, il nucleo familiare e il personale

Roxton: *il duca di Roxton, alias* Monsieur le Duc.

Antonia: *a duchessa di Roxton, alias* Madame la Duchesse, *alias la* Comtesse de Roucy.

Vallentine: *Lucian, lord Vallentine, il migliore amico di Roxton, e marito di sua sorella.*

Estée: *lady Vallentine alias* Madame, *moglie di Vallentine e sorella di Roxton.*

Martin: *Martin Ellicott, ex valletto di Roxton e padrino di Julian* (mon parrain).

Julian: *il figlioletto di Roxton e Antonia, alias JuJu.*

Gabrielle: *cameriera personale di Antonia, sorella minore di Yvette, Rose e Giselle.*

Céleste e Cécile: *le balie di Julian, alias le nutrici di Morvan.*

George Geraghty: *il valletto di Roxton.*

Jean-Luc Levron: *figlio naturale del padre di Roxton* (il marchese di Alston) *e della sua amante, una* marionnettiste.

Augusta Fitzstuart: *la contessa di Strathsay, alias* Grand-mère. *La nonna di Antonia.*

La famiglia Salvan e il nucleo familiare

Le vecchie zie: *le sorelle di Philip, Comte de Salvan. Zie di Roxton attraverso sua madre, Madeleine-Julie; zie di Salvan tramite suo padre Philip.*

Tante Philippe: *la marchesa di Touraine-Brissac, alias* Madame *Touraine-Brissac. Madre di Alphonse, duca di Touraine. Nonna di Elisabeth-Louise e Michelle Haudry.*

Tante Victoire: *la contessa di Chavigny.*

Tante Sophie Adélaïde: *sorella gemella di Victoire, una suora.*

Madeleine-Julie Salvan Hesham: *la minore delle sorelle Salvan. Marchesa di Alston. Madre di Roxton ed Estée, morta nel 1734.*

Salvan: *Jean-Honoré Gabriel Salvan,* Comte de Salvan. *Figlio di Philip,* Comte de Salvan, *primo cugino di Roxton. Nipote delle vecchie zie.*

Cavaliere Montbelliard: *alias il cugino Hugh. Erede del* Comte de Salvan.

Michelle Haudry: *alias* Madame *Haudry, nuora di un* Fermier Général, *figlia di Alphonse, duca di Touraine, nipote di Philippe,* Marquise de Touraine-Brissac.

Alphonse, Duc de Touraine: *unico figlio di* Madame *Touraine-Brissac, primo cugino di Roxton e suo intimo amico. Padre di Michelle Haudry ed Elisabeth-Louise Salvan Gondi Touraine.*

Elisabeth-Louise: sorella di Michelle Haudry, nipote di Madame *Touraine-Brissac.*

Thérèse, **Comtesse *Duras-Valfons***: *ex amante di Roxton, moglie del barone Thesiger, sorella del* Marquis de Chesnay, *madre del bambino, Robert.*

***Gustave,* Marquis de Chesnay**: *amico di Roxton, fratello di Thérèse Duras-Valfons.*

Richard "Ricky" Thesiger: *barone Thesiger, marito estraniato di Thérèse Duras-Valfons.*

Giselle: *cameriera personale di Elisabeth-Louise, sorella di Gabrielle.*

FIGURE STORICHE CHE APPAIONO O SONO MENZIONATE

Louis: *re di Francia. Louis XV (1710-1774) conosciuto come Luigi il Beneamato, re dal primo settembre del 1715 fino alla sua morte nel 1774 .*

Mme de Pompadour: *la* maîtresse-en-titre *(l'amante ufficiale) del re, alias* Marquise de Pompadour, *nata Jeanne Antoinette Poisson (1721-1764).*

Comte d'Hozier: *il genealogista del re, custode dell'*Armorial général de France *e* Juge d'armes de France. *Louis Pierre d'Hozier (1685-1767).*

Marquis de Dreux-Brézé: Grand maître des cérémonies de France. Alias *Joachim,* Marquis de Dreux-Brézé *(1710-1781).*

Duc de Bouillon: Grand Chambellan de France. *(1706-1771)*.

Duc de Richelieu: *aka Armand, Louis François Armand de Vignerot du Plessis de Richelieu, Primo gentiluomo della camera del re. Louis François Armand de Vignerot du Plessis (1696-1788)*.

Marie Leszczyńska: *regina di Francia (1703-1768), moglie del re Louis XV.*

Marquis de Maurepas: *Jean-Frédéric Phélypeaux de Maurepas, segretario di stato. Jean-Frédéric Phély- peaux, conte di Maurepas (1701-1781), politico francese.*

M'sieur de Marville: Lieutenant Général de Police *per Parigi (1740-1747).*

UNO

VERSAILLES, FRANCIA – FINE OTTOBRE
1746

«Eccoci qui, a fare quello che facciamo meglio, sorseggiare il tuo ottimo brandy accanto al fuoco. Sembrano quasi i vecchi tempi, vero?»

«Sembra di sì, mio caro Vallentine, come sempre. È cambiato poco.»

«Poco?» reagì lord Vallentine. Non mancava mai di abboccare all'amo. «Come fai a dirlo? È passato un anno da quando hai portato la ragazza nelle nostre vite e se qualcuno avesse predetto che cosa sarebbe successo, avrei messo in dubbio la sua salute mentale!»

«Come faccio io frequentemente con la tua…?»

«Ah-ah! Ficcami una penna in un occhio per aver dichiarato l'ovvio, ma *quella*…» agitò un polso coperto dal pizzo, con il dito teso alla destra della poltrona del suo migliore amico, «… *quella* non c'era un anno fa, giusto?»

Il duca di Roxton sembrò non comprendere. «Non eravamo in questa casa un anno fa.»

«La chiami casa?» sbuffò Vallentine. «Accidenti. Questa non è una casa, è una cuccia per cani!»

«Passerò i tuoi, ehm, complimenti a *Madame la Duchesse*.»

«No! No! Non farlo! Non la finirebbe più.» Guardò da vicino il duca. «Ha scelto lei questa abitazione, vero?»

«Tra una dozzina di altre che ci avevano offerto.»

«Bene, allora, mi riserverò il giudizio fino a domani mattina. Sono arrivato a notte fonda. Per essere sincero, tutto quello che ho visto è stata l'imponente *porte-cochère*, l'incantevole foyer e l'interno di questa-questa... ciò che altri chiamerebbero biblioteca, ma che è grande come il vostro spogliatoio all'Hôtel, quindi non è granché su cui basarmi, vero?»

«Senza dubbio alla luce del giorno la troverai incantevole e carina e, ehm, ubicata in una posizione *conveniente*, per gli scopi di *Madame la Duchesse*.»

«Incantevole e carina, dici? E... *conveniente*? Ah, sì. Ovvio!» Vallentine incrociò le lunghe gambe alle caviglie e alzò il bicchiere di brandy. «Apprezzo l'avvertimento.»

Il duca inclinò la testa.

«Non hai mai detto perché vi siete trasferiti in questa villa carina e, ehm... convenientemente ubicata» insistette Vallentine. «Non è che non potresti andare dall'Hôtel a Versailles tutte le volte che vuoi. E non si tratta solo delle quattordici miglia avanti e indietro, il tuo tiro a sei può farcela facilmente in metà del tempo che servirebbe al resto di noi.»

«Domanda eccellente. Basti dire che la posizione di questa graziosa villa è vantaggiosa. Abbastanza vicina allo *Château* per poter usare una portantina, ma abbastanza lontana per essere privata. E non solo. Dal cancello del giardino recintato si accede al parco reale, ma è possibile anche dal cortile della scuderia. Rende la sua posizione adatta alle nostre attuali, ehm, necessità.»

Vallentine ci pensò per un momento, poi chiese. «Prendere residenza qui ha qualcosa a che vedere con la presentazione a corte della tua duchessa?»

«Sì.»

«E non può fare la sua presentazione a corte mentre vive a Parigi?»

«Presumevo che Estée ti avesse spiegato l'etichetta di corte e il, ehm, procedimento per essere presentato alle Loro Maestà, così che non dovessi farlo io.»

«L'ha fatto, ma non aveva molto senso. Tutto quello che riesco a ricordare è che c'è una cerimonia pubblica con un sacco di salamelecchi e di fronte a un branco di leccapiedi di corte. E una volta finito, la tua duchessa avrà ufficialmente il permesso di visitare gli appartamenti privati con il resto dei pochi fortunati, come te.»

«Qualcosa del genere» borbottò il duca.

«Ma continuo a essere confuso. Non mi spiego perché hai dovuto strizzare tutta la famiglia in questa villa scelta da tua moglie. Sei sempre andato e venuto dalla residenza di Parigi per passare un po' di tempo in compagnia di Louis e non avevi mai avuto bisogno di vivere a un tiro di sasso dalla sua *commode*. Ma se è tutto per via della presentazione a corte della tua duchessa, allora presumo che sia necessario.»

«Non ci sono misteri e hai risposto tu stesso alla tua domanda.»

«Davvero?» Quando il duca non aggiunse commenti, Vallentine fece spallucce, sospirò e sorseggiò il brandy. Dopo una pausa disse: «Se è questo che vuole la tua duchessa, e non ti incomoda troppo, allora per me va bene».

«Potrò dormire profondamente la notte, dopo aver ricevuto la tua benedizione.»

Vallentine sorrise. «Scommetto che non fai una sola notte di sonno decente da mesi.»

«Ti assicuro, mio caro, che quando dormo lo faccio come sempre, come un sasso.»

Vallentine alzò il mento squadrato e fissò oltre la spalla destra del duca. «Puoi dirmi la verità, sai. Non c'è bisogno che Antonia lo sappia.»

Il duca sbatté le palpebre. «L'ho fatto. Non ho segreti per mia moglie, per insignificanti che siano.»

«Va bene, fai a modo tuo! Ma se me lo chiedi, il fatto che tu sia qui riguarda quello che c'è accanto alla tua poltrona.» Indicò ancora col dito nella direzione dell'amico.

Il duca guardò oltre la spalla sinistra, verso la libreria che andava dal pavimento al soffitto, poi tornò a guardare l'amico. «I miei libri?»

«No! No! Accidenti! Non i tuoi libri!»

«Gli arredi e le applique, forse?»

Vallentine agitò una mano, frustrato. «Smettila di tormentarmi, Roxton! Sai benissimo che non mi sto riferendo alle tue cose, o a questa casa, ma all'adorato occupante di quella uhm… cosa di vimini.»

«Si chiama culla, Lucian.»

«Ah, ecco! Una culla! Si potrebbe pensare che lo sappia oramai, visto che ce ne sono dappertutto nell'Hôtel. Ce n'è una in ogni stanza anche lì, non dubitarne.»

«Vivendo come se fossimo in una, ehm, cuccia per cani, ne servono di meno. Ma hai ragione» aggiunse a bassa voce il duca, abbassando gli occhi sulla culla accanto alla sua poltrona. Il suo piccolo occupante dormiva sotto morbide lenzuola di lino e una trapunta di seta rosa pallido imbottita di piume d'oca. «Siamo qui in modo che anche lui possa stare con noi.»

«Lo sapevo!» esclamò soddisfatto Vallentine. «Estée l'aveva detto. Non che capisca perché vi siete dovuti trasferire. Ha detto che avreste potuto lasciare il vostro erede alle sue bambinaie, mentre tu e la duchessa siete a corte. È quello che si fa di solito.»

«Ne abbiamo parlato. Ma a questo punto dovresti sapere che niente è consueto quando si tratta di Antonia.»

«Oh, se è vero!»

«Non avrebbe sopportato di separarsi da nostro figlio per le lunghe ore necessarie per stare a corte» continuò tranquillamente il duca, come se sua signoria non l'avesse interrotto. «Risiedere qui significa che può tornare ogni volta che ne sente il bisogno. I bambini, specialmente quelli piccoli, non possono andare a corte.»

«Come? Niente bambini con tutto quel parco giochi?»

«Che nascano dal rango più alto o più basso dei funzionari di corte, i neonati vengono mandati a balia e sono raramente visti finché non sono più bambini. Tornano quando sono adulti completamente cresciuti. È una specie di, ehm, miracolo.»

«Certamente la progenie reale non viene spedita via?»

«Naturalmente no, ma sono l'eccezione. Ma vengono cresciuti ben lontano dall'occhio pubblico. L'unico momento in cui ricordo di aver visto le principesse è stato mentre tornavo dalla caccia con sua maestà. Ha fatto fermare tutto il gruppo e ha parlato con una delle sue figlie. Alcune avevano ancora le redinelle. Adesso vengono educate, o, come hai detto non molto elegantemente, spedite vie, all'Abbazia Reale di Fontevraud, ben lontane dalla corte e dai suoi intrighi.» Tra le sopracciglia scure del duca apparve una ruga profonda. «È il primo e ultimo ricordo che ho di bambini nel palazzo.»

«Non mi sorprende. Questi saloni dorati non sono il posto adatto per i bambini di ogni età! Meglio che non stiano tra i piedi o metà dei cortigiani inciamperebbe sulle culle e tutta quella roba che serve per gli infanti.»

Lo sguardo del duca tornò brevemente al figlio dormiente. Sospirò. «Confesso che sapevo ben poco sulla quantità di, ehm, armamentario che serve per il mantenimento di un piccolo csscrc.»

«Nemmeno io, ma sto cominciando a farmi un'idea. A Estée mancano ancora mesi e sto già inciampando in una montagna di quello che chiami armamentario. Accidenti!»

Roxton guardò l'amico con un sorriso beffardo.

«L'infante e anche lo zio. Sei arrivato con abbastanza bagagli da invadere la casa.»

«Pensavo che non ti avrebbe dato fastidio se fossi rimasto per qualche giorno dopo la festa per il compleanno della ragazza… ah, va bene!» ammise quando il duca mostrò una debole sorpresa. «Sono venuto per restare qualche settimana. Estée mi farà sapere quando ho-ho…»

«… il permesso di tornare?»

Vallentine era imbarazzato. «I suoi medici mi dicono che la nausea mattutina è normale durante i primi mesi.»

«Puoi incolpare solo te stesso, mio caro.»

Vallentine arrossì. «Quando la metti così, sì. Ma non volevo che lei stesse male… E nemmeno io!»

«No, lo so. Resta per tutto il tempo che vorrai. Anche se non posso prometterti che sotto questo tetto la vita sarà meno, ehm, turbolenta.»

«Molto obbligato. Preferisco la turbolenza ai capricci, sempre» dichiarò Vallentine, tornando ottimista. Ma per coprire lo scivolone di aver divulgato più di quanto intendesse riguardo alla scarsa armonia domestica nel suo matrimonio, aggiunse in fretta: «Parlando di infanti che si vedono raramente, c'è un motivo particolare perché siamo alla presenza del tuo erede a quest'ora così tarda?»

«Mio caro Vallentine, *lui* è alla *mia* presenza.»

Il suo amico sorrise e scosse la testa. «E scommetto che non gli permetterai mai di dimenticarlo!»

Roxton tirò il grande polsino della sua banyan di seta alla cinese. Gli occhi scuri scintillavano. «Mi aspetto molto dall'acutezza di mio figlio, sperando che non debba mai ricordarglielo.»

«Puoi dubitarne, quando sei tu suo padre?» Vallentine si chinò in avanti per guardare nella culla di vimini e abbassò la voce come se avesse appena ricordato che era in compagnia di un infante addormentato. «Difficile da dire, visto che ha quella bella cuffietta, ma presumo che abbia ancora una testa piena di capelli neri?»

«È così.»

«È cresciuto molto?»

«Da quando lo hai visto due settimane fa? Certo. Cresce ogni giorno. È la cosa che i bambini fanno meglio.»

«E piangere!» Vallentine si dimenò nella sua poltrona e fece una smorfia. «Lo fanno *un sacco*.»

Al duca tremarono le labbra. «Mio figlio non piange, Lucian, lui rende note le sue richieste, com'è giusto.»

«Ah. E quel battaglione di bambinaie che lo circonda arriva di corsa!»

«Com'è giusto. Tra tutte loro hanno decenni di esperienza nel trattare con i bambini. Tutto ciò che abbiamo sua madre e io sono tre mesi.»

«Sono tre mesi più di me» borbottò bonariamente Vallentine.

«Conto i giorni finché non dovrai anche tu, come me, sopportare tutto il peso della responsabilità che arriva con la paternità.»

«Ci scommetto! Accidenti! Ma puoi smettere di contare. Mi stanno già facendo una testa così su quello che ci si aspetta da me e posso dirti che non credo che riuscirò a essere all'altezza delle aspettative.»

«Il mio consiglio è di non provarci nemmeno. Non ci riusciresti mai.»

«Ho preso nota.» Vallentine scoppiò a ridere e sbuffò. «Sorelle! Mogli!»

Il duca rivolse sull'amico gli occhi scuri, imperscrutabili come sempre.

«Permettimi di porre fine alle tue sofferenze, Lucian. So bene che Estée ti ha incaricato di scoprire e poi riferirle immediatamente tutto ciò che accade nella nursery di mio figlio, per poter scrivere ad Antonia e darle altri consigli indesiderati. Antonia non ha dato retta alla, ehm, sua interferenza all'Hôtel, quindi è improbabile che lo faccia qui, semplicemente perché abbiamo cambiato residenza. E prima che cominci a muovere su e giù le mascelle senza dire niente di intelligibile, perché non desideri essere sleale con me o con tua moglie o con Antonia, permettimi di placare la tua preoccupazione. Non ti ritengo responsabile per il comportamento di tua moglie. Oramai conosco molto bene mia sorella. Altro brandy?»

Vallentine tese il bicchiere con un sospiro di sollievo, ma tenne gli occhi abbassati sul liquido ambrato versato da un decanter di cristallo. Poi aspettò mentre il duca ordinava il caffè a un domestico in livrea che uscì dall'ombra al suo segnale, prima di ammettere con un sorriso colpevole: «A dire il vero, sono lieto che tu sappia che stavo ficcanasando, perché Estée non avrà pace finché non le manderò notizie».

«La nascita di suo figlio non arriverà mai abbastanza presto. Allora indirizzerà tutte le sue energie dove saranno apprezzate. Anche se biasimo me stesso…»

Vallentine trasalì. «Davvero?»

Il duca studiò il grosso smeraldo quadrato che aveva all'anulare, voltandolo verso la luce della candela e dicendo con un'esitazione poco caratteristica: «La paternità mi ha fatto pensare… e *riflettere* sulla mia storia».

«Non c'è molto che ci si possa fare adesso» lo interruppe Vallentine sbuffando nel suo bicchiere di brandy.

Il duca strinse le labbra. «Non *quella* storia» sibilò. «Il mio passato *lontano*. Quando ero un ragazzo ed entrambi i miei stimati genitori erano ancora in vita.»

Il suo sguardo andò al camino. Non vedeva le braci ardenti ma uno dei molti salotti opulenti del palazzo parigino in Rue Saint-Honoré. Tappezzato di velluti e sete azzurre, con mobili bianchi e dorati e un tappeto floreale *Savonnerie*. Era stata la stanza favorita di sua madre ed era lì che lui aveva passato la maggior parte del tempo con i suoi genitori.

«Quando ci penso» disse riflettendo, «riconosco che mio padre era un genitore esemplare; non avrei potuto chiedere niente di meglio. A Estée è stato negato avere un padre simile.»

«Non direi che fu colpa tua.»

«La sua morte prematura non è stata *letteralmente* colpa mia. Ma ciò che è venuto dopo… Una volta che sono succeduto a mio nonno e sono diventato il duca… Estée era ancora una bambina, abbastanza giovane da avere bisogno della guida di un padre. E io non sono riuscito a dargliela.»

Sua signoria si sedette diritto, con una smorfia sul viso. «Non puoi incolparti del destino. Avevi, cosa, undici o dodici anni quando è morto tuo padre? E io ricordo quando il vecchio duca ha tirato le cuoia, perché non capita tutti i giorni che il tuo migliore amico succeda a un ducato! Avevamo passato lunghe notti in cantina, avvalendoci della sua notevole collezione di vini, quando mezza dozzina dei suoi domestici più arcigni ci ha svegliato con la notizia. Accidenti! Non ho mai avuto un mal di testa come quella volta. Tu avevi diciotto o diciannove...»

«Diciannove.»

«*Diciannove* anni. A quell'età chi sa qualcosa sull'essere un genitore? E chi lo vorrebbe?»

«Non avrei potuto dirlo meglio io stesso.»

Vallentine scosse la testa con una risata. «E se vogliamo essere franchi, a quell'età non eri certamente adatto a essere un genitore, per Estée o chiunque altro. E chi potrebbe biasimarti? Avevi abbastanza a cui pensare per tenere in equilibrio quella coroncina ducale sulla tua giovane testa e preoccuparti per le tue nuove responsabilità. Io lo ricordo, dicevi che avresti avuto voglia di gettare tutto nel Tamigi e che tutti i tirapiedi e i vecchi scoreggioni potevano andare a farsi fottere.»

Roxton guardò negli occhi azzurri il suo migliore amico mentre la mano andava alla culla accanto alla sua poltrona bergère. Cominciò a cullarla gentilmente; suo figlio aveva cominciato ad agitarsi. «Ricorda quello e l'inesperienza della gioventù quando scriverai a Estée della tua visita qui.»

Lo sguardo di Vallentine andò alla culla di vimini e poi tornò al duca. Spalancò gli occhi a un pensiero improvviso. «Non pensi... Non mi stavo riferendo alla tua duchessa quando ho detto... Accidenti, Roxton! Ciò che ho detto sul fatto di essere troppo giovane e non sapere assolutamente niente su come fare il genitore si riferiva a *te* a diciannove anni. Non stavo cercando di criticare Antonia...»

«Eppure quant'è appropriato. È quello che direbbe Estée.»

Vallentine smise di sorridere a abbassò il mento squadrato nelle pieghe della cravatta, senza smettere di guardare il nobile cognato. «Guarda. So che Estée non si è fatta scrupolo di farsi avanti con le sue opinioni sulla maternità e su come nutrire un bebè e roba simile. Se devo essere sincero, ascolto solo una parola su venti perché tanto varrebbe che parlasse in egiziano per quanto ne so io di neonati. Quindi, nonostante io ti stia assillando sul motivo che vi ha spinto a prendere residenza in questa villa, non sono una completa testa di legno. Sei qui perché volevi dare un po' di respiro ad Antonia da-da... tutti i *consigli* benintenzionati che mia moglie e altri le stavano rovesciando addosso.»

«La nausea mattutina di Estée è arrivata proprio nel momento giusto. È intervenuta la provvidenza, risparmiandomi il disturbo.»

«Giusto. Ma da marito di tua sorella, penso di conoscerla abbastanza bene da dire in sua difesa che interferire nella tua vita... o meglio in quella di Antonia, è sempre stato per il grande amore che prova per entrambi voi e il vostro bambino. È così perché ci tiene tantissimo. So che è ipersensibile, iperprotettiva e ferocemente femmina fino alla punta delle dita, ma in lei non c'è malizia.»

«Sono d'accordo. E non la ritengo malevola.» Il duca sospirò. «Ma la *preoccupazione*, ehm, materna di Estée si è trasformata in interferenza indesiderata, non solo su come scegliamo di crescere nostro figlio, ma in tutti gli aspetti della nostra vita. Io mi rendo conto, anche se non lo fa mia sorella, che Antonia è diventata madre mentre era ancora una sposa e che questo le ha lasciato poco tempo per confrontarsi, men che meno godere, della sua posizione come mia duchessa.»

Vallentine stava per fare una battuta per alleggerire l'atmosfera, dicendo che il duca poteva sentirsi trascurato, ora che aveva un erede che richiedeva l'attenzione di tutti, specialmente di Antonia, quando fu distratto dal suono di un bebè che si svegliava.

Anche il duca fu distratto. Bastò un'occhiata verso l'altro lato del camino perché due bambinaie, vestite con i consueti abiti scuri, cuffiette e grembiuli bianchi inamidati apparissero uscendo dall'ombra e fermandosi sul bordo dell'alone di luce arancio. E quando il duca tolse la mano dalla culla, una delle donne si affrettò ad avvicinarsi per prendere in braccio la piccola signoria prima che il suo pianto diventasse più forte e insistente.

«Dov'è *Madame la Duchesse*?» chiese Vallentine, osservando le due donne che coccolavano e sussurravano al bambino mentre lo portavano in fretta dall'altra parte della stanza, verso una *dormeuse*. «Normalmente non perde d'occhio suo figlio.»

«Era vero, quando eravamo all'Hôtel» rispose il duca alzandosi in piedi senza spostarsi dalla sua poltrona. «Qui stiamo cercando di instaurare un nuovo, ehm, *regime*.»

Sua signoria imitò automaticamente il gesto del duca. Non lo sorprendeva il fatto che si fosse alzato, ma il fatto che il suo migliore amico non gli avesse risposto in inglese, ma in francese, la lingua che usava sempre quando era presente la duchessa.

«Qualunque sia questo nuovo regime» commentò Vallentine sbuffando, «non sembri convinto che stia funzionando!»

«Hai chiesto dov'è Antonia. Dovrebbe stare dormendo profondamente nel suo letto. Purtroppo non è così.»

Quando il duca si voltò verso la parete coperta di libri perpendicolare al camino, lord Vallentine lo imitò. Una delle librerie sporgeva verso la stanza. Non era una vera libreria, ma una porta che nascondeva l'ingresso a una scala che collegava la biblioteca alla camera padronale al piano di sopra. Incorniciata nella porta, con in mano un elaborato candelabro d'argento c'era la duchessa di Roxton.

DUE

ANTONIA USCÌ DALLA piccola alcova della scala in un fruscio di morbida seta lilla e pizzo bianco. Aveva una banyan di seta in tinta sopra la camicia da notte e ai piedi bianche pantofoline di seta lilla sopra le calze di seta. Un grosso nastro di seta con un fiocco fatto un po' a casaccio stava facendo del suo meglio ma non riusciva a impedire alla sua abbondante massa di riccioli d'oro di ricaderle sulle spalle e dietro la schiena fino alla vita.

«Ho cercato di tornare a dormire, *Monseigneur*» confessò, appoggiando il candelabro e andando direttamente dal duca. Gli prese la mano che le tendeva. «Ma quando mi sono svegliata e non c'eravate, ho dimenticato che non eravamo all'Hôtel. E quando la culla di Julian non c'era, io… Ma non importa adesso! Vallentine, siete qui» disse felice, rivolgendo un sorriso sonnacchioso a suo cognato. «Sono molto contenta di vedervi, anche se è notte piena. Ma perché non eravate qui ieri, mentre io…»

«Roxton mi ha invitato per il vostro compleanno» la interruppe in fretta Vallentine, impedendole di continuare. Insieme a questa poco caratteristica scortesia ci fu un'occhiata a lei e poi un'occhiata veloce e circospetta al duca prima di aggiungere, rivolgendosi a entrambi e cercando di sembrare noncurante: «Che cognato sarei se non avessi accettato l'invito di Roxton ai festeggiamenti, eh? Devo aiutarvi a godere di questa giornata. Non capita ogni anno di compiere diciannove anni».

Antonia gli restituì l'occhiataccia prima di sbuffare. «Che altro motivo avreste per essere qui? E non è ogni anno. È solo *quest'*anno.» Guardò il duca con un sorrisino malizioso. «*Monseigneur,* non avevo idea che Vallentine sapesse contare, voi lo sapevate?»

Il duca sorrise a sua moglie. «Sono sorpreso quanto voi, *mignonne.*»

«Eh? Cosa? Certo che so contare fino a… Oh! Ah! Ah!»

Distratta dal piagnucolio di suo figlio, Antonia chiese scusa, sparendo nell'ombra. Vallentine decise che era il momento giusto per ritirarsi per la notte, dato che il pianto del bambino stava diventando più insistente. Ma il momento dopo il pianto del bambino cessò e la duchessa riapparve tutta un sorriso.

«È di nuovo asciutto e attaccato al seno.» Si chinò verso il duca, aggiungendo confidenzialmente, con una smorfia di stupore. «Renard, Céleste lo sta allattando… *di nuovo.*»

«Non è sorprendente né irragionevole» la informò il duca. «Sono passate quasi tre ore da quando ha chiesto di essere nutrito.»

«Ho dormito per *tre ore*?» chiese Antonia meravigliata. «Ma non è possibile!»

Il duca sorrise, tirandola vicino. «È possibile. Non avevate dormito bene la notte scorsa perché vostro figlio non voleva calmarsi.»

«È *mio* figlio quando è più esigente» si lamentò Antonia, senza accalorarsi. «E *vostro* figlio quando dorme come un angioletto.»

«Naturalmente.» Il duca le tolse dolcemente un ricciolo dalla guancia arrossata. «*Ma vie,* avevo sperato che dormiste fino al mattino.»

«Ma come potevo farlo se siete qui e non a letto con me? Questo regime che abbiamo deciso di adottare richiede che vi aderiamo entrambi, altrimenti non funzionerà. *Oui?*»

Il duca giocherellò con le dita di Antonia. «Avevo tutte le intenzioni di rispettare la mia parte del patto, ma c'è stato, ehm, un impedimento.»

«Impedimento?» Antonia restò per un attimo senza fiato, spalancò gli occhi verdi e lo sguardo andò nella direzione dell'ombra. «Con Julian? Che impedimento?»

«Ho scelto la parola sbagliata» si scusò il duca. «Stavo per tornare nel nostro letto quando sono stato informato che era arrivato Lucian con una montagna di bagagli. Quindi mi sono comportato come amichevole ospite.»

Antonia diede un'occhiata a Vallentine. «Sì, capisco che Vallentine rappresenti un grosso impedimento per tornare a letto, ma...»

«Ehi!» obiettò Vallentine facendo una smorfia.

«...ma se avete Julian con voi in biblioteca e non nella nursery con Céleste e Cécile, allora non va meglio per noi di quando eravamo all'Hôtel con la sua culla nella nostra stanza, *oui*?»

«Accidenti! Ha proprio ragione, Roxton!» si intromise Vallentine con una risata, e fu completamente ignorato dalla coppia.

«Sono d'accordo con voi, *mignonne*» rispose tranquillamente il duca, «ma non ricordate che cosa ci avevano detto questo pomeriggio riguardo alla stufa olandese nella galleria della nursery?»

«So che dovrei ricordarlo, ma non è così» dichiarò sinceramente Antonia, tirando le dita del duca. Sospirò, aggiungendo sconsolatamente: «Avevo una così buona memoria prima che arrivasse Julian e adesso vorrei più che mai che tornasse perché c'è tanto che dovrei ricordare ogni giorno».

«Dovevano riparare la stufa olandese» continuò il duca, ignorando la sua auto-castigazione. «Mi dicono che ci vorrà almeno una giornata prima che irradi abbastanza calore, specialmente per uno spazio come la galleria. Era quello l'impedimento. La soluzione era di tenere Julian in biblioteca, dove c'è caldo.»

Gli occhi verdi di Antonia si spalancarono, capendo. «In modo che fosse al piano sotto di noi...»

«E alla distanza solo di una scala segreta. Sì.»

«Non molto segreta» aggiunse divertito Vallentine, «se sappiamo tutti che c'è.»

Antonia gli rivolse una smorfia interrogativa. «Qualche volta non vi capisco Vallentine. Solo definirla una scala segreta non la rende tale.»

«Beh, avete ragione» borbottò Vallentine, sgonfiato.

«Mi dispiace» aggiunse in fretta Antonia, con le guance un po' più rosa e mettendo una mano sul braccio rivestito di velluto del cognato. «Non intendevo essere così-così *grincheuse*. Sono stanca. Domani tornerò a essere me stessa. Ma mi scuserò, prima di dimenticarmene, perché ci sono buone possibilità che sarete svegliato presto dal rumore dei bambini. Questo non è l'Hôtel, quindi le stanze sono vicine e le pareti sottili. Non c'è altro da fare che tollerarlo perché, per quanto sia grande l'onore di essere le balie dell'erede di *Monsieur le Duc*, non avrei mai accettato che Céleste e Cécile fossero separate dai loro stessi bambini per occuparsi di Julian.»

«Di quanti bambini stiamo parlando?» chiese Vallentine allarmato.

Antonia fece spallucce e alzò una mano. «Non lo ricordo. Il numero non è importante.»

«Non lo ricordate? *Non è importante?*» Vallentine era sbigottito. Diede un'occhiata al duca, aspettandosi che commentasse. Cosa che il duca non fece. «Se queste donne sono balie esperte per vocazione, allora credo che abbiano almeno una mezza dozzina di marmocchi tra loro. E dato che le loro mamme saranno occupate con il vostro prezioso bebè, ci sono buone possibilità che i loro marmocchi sfuggano dai confini della nursery e corrano fuori controllo per tutta la casa.»

«Perché vi preoccupate di banalità?» si lamentò Antonia. «L'unica cosa che importa è il figlio di *Monsieur le Duc* e che lui, Julian, sia allattato da nutrici di Morvan che sono felici e senza preoccupazioni. È quello che mi hanno detto e che credo. E queste donne non sarebbero per niente felici se non avessero i loro figli con loro. È logico e ragionevole. Com'è logico e ragionevole il fatto che i bambini piccoli fanno rumore. Non ci sarà pace. Ma non se ne può fare a meno. Tutto ciò che conta è Julian.» Baciò il dorso della mano del duca e poi gliela lasciò andare. «Dovete scusarmi entrambi. Devo vedere un'ultima volta mio figlio prima di tornare a letto.»

«Ti avevo avvertito del trambusto» fece notare il duca a sua signoria, senza scusarsi, per nulla preoccupato, con lo sguardo che restava fisso su Antonia che stava attraversando la stanza.

«Non mi meraviglia che abbia scelto una casa con un giardino col cancello che dà sul parco» sussurrò un po' troppo forte Vallentine. «Puoi fare in modo che il giardiniere lo lasci aperto e sperare che i marmocchi di Morvan scappino per non farsi mai più vedere.»

«Lucian, il cancello serve a permettere a noi di scappare. La caccia del re passa di qui e domani mattina parteciperò anch'io. Libero di unirti a noi, cioè, se non hai altri, ehm, precedenti impegni?»

Con l'ultima domanda il duca distolse gli occhi da Antonia e guardò il cognato inarcando un sopracciglio, come se si aspettasse una piena confessione… Che arrivò dopo pochi secondi.

Sotto lo sguardo fisso del duca Vallentine sentì improvvisamente caldo sotto la cravatta. Deglutì e gli si affiancò. Tornarono entrambi a osservare la duchessa, che conversava con la balia mentre le bambinaie del figlio neonato aspettavano in semicerchio dietro la *dormeuse*.

«Lo sai, vero?» sibilò Vallentine, spalla a spalla con il duca.

«Che cosa so?» rispose Roxton, sussurrando anche lui.

«Che sono patetico quando si tratta di sotterfugi! Ecco! Accidenti!»

«È vero. Ma non riesco a capire perché mi stai dicendo una cosa che so da anni.»

«È lo stesso motivo per cui non riesco a giocare una mano decente a carte.»

«Sei penoso a carte. È vero.»

«E tu ed Estée mi leggete come un libro aperto.»

«E ancora una volta, questa confessione non è niente di nuovo.»

«Ascolta. Io so che tu sai che non sono venuto qua solo per

festeggiare il compleanno della ragazza. Avrei dovuto avere la pappa al posto del cervello per non essermi oramai reso conto che non c'è niente che sia così insignificante da non meritare la tua attenzione quando si tratta della tua famiglia. Ma la verità è che non l'ho spifferato subito perché lei mi ha fatto promettere di tenerlo per me. Non posso infrangere una promessa.»

«Allora non devi farlo.»

«Cosa?»

«Infrangere la tua promessa.»

«Ma-ma.... Devo dirtelo! Devi sapere che cosa io... che cosa lei... che cosa noi...»

«Tutto ciò che ho bisogno di sapere stanotte è che se ci fosse una possibilità di pericolo...»

«*Pericolo*?» Vallentine era incredulo.

«...tu la proteggeresti.»

«Lascia che un manigoldo cerci di avvicinarsi a tre metri da lei!»

«Come pensavo. E ho piena fiducia nella tua, ehm, abilità con la spada.»

«La proteggerei con la mia vita. Sul mio onore.»

Il duca voltò la testa verso il suo migliore amico. La voce era velata da un filo di emozione. «Lo so. E se dovesse capitarle qualcosa di male, io-io...»

«Non preoccuparti. Un uomo dovrebbe essere un recluso di Bedlam per sfidare il miglior spadaccino di tutta la Francia e l'Inghilterra, che, a proposito, sono io.»

La tensione diminuì nelle spalle e nella schiena del duca e i suoi occhi scuri scintillarono. «Grazie per avermelo ricordato, Lucian.»

«Ma tra te e me, non è il pericolo che mi preoccupa. Non penso che ce ne sia, se devo essere perfettamente sincero. È mantenere il segreto con te. Non sono mai stato bravo nel nasconderti qualcosa e non voglio cominciare adesso perché...»

«No» lo interruppe il duca. «Le hai dato la tua parola. Mantienila. Ora devi scusarmi. È stata una lunga giornata.» Antonia era all'ingresso della scala segreta e lo aspettava. Prima di andare da lei, in una rara dimostrazione pubblica di emozione, il duca afferrò e poi batté brevemente sul braccio di lord Vallentine. «Sei un brav'uomo, Lucian.» Aggiungendo, con un mezzo sorriso: «E io sono un eccellente giudice di caratteri. Buona notte mio caro».

«Ehi! E il tuo caffè?» disse Vallentine quando un domestico entrò portando un pesante vassoio con caffettiera e tazze.

«Bevilo tu» rispose il duca senza voltarsi.

Prendendo la mano che gli tendeva la duchessa, Roxton la seguì sulla scala segreta e chiuse la porta-libreria.

FINALMENTE SOLI, l'apparenza di decoro ducale svanì. Il duca l'attirò a sé e Antonia, con una risatina, gli mise le braccia intorno al collo e si premette contro di lui. Si godettero un tenero bacio nel buio della tromba delle scale prima che il duca la sollevasse senza sforzo e la portasse per la breve distanza fino al loro appartamento di sopra. Lì c'erano calore e luce e ogni possibile comodità. Due domestici in livrea dagli occhi assonnati che si attardavano alla fine dell'*enfilade* si ritirarono in fretta, sparendo dietro una porta rivestita di pannelli di legno, verso un corridoio di servizio. Quando la coppia ducale raggiunse la loro spaziosa camera e il grande letto a baldacchino con le tende di seta dipinta, i loro vestiti erano sparsi sul parquet e i folti tappeti di tre stanze comunicanti.

TRE

LA MATTINA SEGUENTE, alle prime luci, il lieve rintocco di un orologio svegliò il duca da un sonno profondo. Il rintocco portò nella stanza il suo valletto. Ellicott si mosse intorno senza fare rumore, aprendo e fissando le pesanti tende di damasco di una fila di lunghe finestre con la vista sul parco reale. L'ondulato panorama autunnale era immerso nella nebbia bassa, il cielo dell'alba sospeso tra la notte e il giorno e il sole era solo una sottile linea luminosa all'orizzonte. Tutto prometteva bene per la caccia del re.

Nelle stanze accanto c'era parecchia attività per l'inizio di una lunga giornata. Stavano riempiendo di acqua calda una delle due vasche da bagno di rame rivestite di tessuto. Un completo da cavallerizzo composto da una giacca di velluto nero, gilè, calzoni di maglia, stivali e una cravatta nera era pronto nello spogliatoio. E sul tavolo da toletta di legno di noce, a un lato della ciotola per la barba e i rasoi, su un pesante vassoio d'argento c'era una parca colazione. La cioccolatiera d'argento con il manico d'avorio e un coperchio cesellato era appoggiata sopra un sostegno nel quale l'olio bollente manteneva il contenuto alla temperatura giusta per essere bevuto. E sotto una campana d'argento con lo stemma ducale dei Roxton, su un piatto di porcellana di Sèvres c'erano morbidi panini caldi.

Ogni compito e ogni gesto veniva fatto con precisione dai domestici che svolgevano i loro compiti, calzati di scarpini di capretto fatti appositamente per attutire il rumore dei passi sul parquet e annullarlo completamente sui tappeti. La R ducale ricamata in argento a destra sul petto delle loro livree con li distingueva dal resto dei domestici della casa e dava loro il permesso di andare e venire a piacimento dagli appartamenti privati del loro padrone. Questi uomini erano il seguito più fidato del duca, altamente addestrati e ben compensati per la loro discrezione, consci della loro posizione superiore e totalmente leali. Per guadagnarsi la fiducia e il diritto di indossare quella livrea, la maggior parte di questi uomini aveva lavorato nelle case del duca in ruoli minori per almeno cinque anni. E quando venivano promossi al ruolo di assistenti personali negli appartamenti ducali si dovevano familiarizzare in fretta con la routine del loro padrone e anticipare i suoi bisogni e la sua volontà, senza mai farsi avanti prima di essere visti.

Era raro che il duca si rivolgesse direttamente a uno di questi servitori, non ne aveva bisogno. Tutte le comunicazioni passavano dal suo valletto. Che fosse nei suoi appartamenti privati a Parigi o Londra, o nella tenuta ducale di Treat nell'Hampshire, la vita era rimasta sempre la stessa da quando il duca aveva ereditato il titolo all'età di diciannove anni. Ma poi, solo dieci mesi prima, e nel fiore dei suoi anni, Sua Grazia si era sposato. E non molto tempo dopo, che a qualcuno era sembrato un solo battito di ciglia, la coppia aveva dato il benvenuto al figlio ed erede.

E da allora nella casa del duca niente era stato lo stesso.

Prima del suo matrimonio il duca aveva spesso cominciato la giornata stanco e tediato. Non si era certo svegliato entusiasta per quello che poteva portare quel giorno. Aveva sempre supposto che un tale accentuato entusiasmo per l'ignoto fosse riservato a stupidi ottimisti e bambini molto piccoli. Era una creatura abitudinaria, un discepolo taciturno dell'ordine e dell'obbedienza. La vita ruotava intorno a lui, si conformava alle sue aspettative e la sua stessa esistenza seguiva uno schema e un ritmo particolari. Qualunque altra cosa era un caos poco dignitoso al di sotto di ciò che ci si aspettava da un duca e non un duca qualsiasi, ma il duca di Roxton, nipote di un duca inglese e di un conte francese, discendente da un'ininterrotta stirpe patrizia lunga secoli.

Eppure, da quando era diventato marito e padre, il suo mondo era radicalmente cambiato. C'era uno sconvolgimento continuo nello schema dei suoi giorni, e il ritmo era frenetico, nella migliore delle ipotesi. Si svegliava senza sapere che cosa avrebbe portato quel giorno. L'unica costante era il funzionamento della casa che continuava liscio come i complicati meccanismi di una dozzina dei suoi bei segnatempo e l'amore e la devozione incondizionati di una donna che non solo aveva catturato il suo cuore ma aveva completamente rivoluzionato la sua vita.

Un uomo più debole, una mente più rigida, non avrebbe tollerato un tale stravolgimento. Secondo il quinto duca di Roxton, il suo matrimonio l'aveva salvato, dalla noia e da una straziante solitudine. Non era mai stato così felice in vita sua. Ed era tutto dovuto al brillante, stupendo vortice d'amore e luce con cui ora divideva la vita e che non riusciva ancora quasi a credere che fosse la sua duchessa.

Ogni mattina dal giorno del matrimonio, che si svegliasse presto o tardi, appena sveglio la cercava. La maggior parte delle volte era addormentata accanto a lui, con i capelli colore del miele dorato raccolti in una treccia disordinata oppure arruffati in una nuvola intorno a lei. E in quei momenti lui si rannicchiava intorno alla sua bellezza fragrante e tornava a un sonno beato. Se non era con lui, ma nella vasca da bagno o se si stava vestendo, o, più di recente, occupata con il loro bambino, non tornava a dormire, restava invece sdraiato al buio, o nelle prime luci del giorno, dicendo una silenziosa preghiera e rendendo grazie a Dio per la sua fortuna. E in quei primi mesi del suo matrimonio aveva continuato a chiedersi che cosa avesse fatto per meritare lei e la vita che stava conducendo con lei e ora con il figlio ed erede che lei gli aveva dato.

E poi un giorno, non molto tempo prima, era il mattino dopo la nascita di suo figlio, la risposta lo aveva colpito con tanta forza da sembrare un fulmine a ciel sereno. Poteva solo descriverla come una rivelazione. Non si chiese più che cosa avesse fatto per meritarsi la vita che stava conducendo, ma piuttosto come poteva fare perché continuasse. Richiedeva che vivesse una vita che fosse degna di sua moglie e della famiglia che avrebbero avuto insieme. Sarebbe stata una vita piena di buoni propositi che avrebbe posto le basi per le generazioni future e che avrebbe formato ed educato le persone importanti nella loro vita.

Come primo duca inglese e l'aristocratico più ricco da entrambi i lati della Manica, aveva a disposizione il potere, i mezzi e le risorse per mettere in atto quei nuovi propositi. Avrebbe significato ulteriori cambiamenti nella sua vita e si mise all'opera per farli, senza la minima esitazione.

Portare la sua famiglia in questa villa accanto allo *Château* di Louis XV era solo l'inizio e una piccola parte di un piano molto più vasto. Il primo cambiamento più importante richiedeva la collaborazione del suo valletto. E non c'era momento migliore del presente per mettere in atto le sue intenzioni.

Quindi, quando Ellicott appoggiò la banyan di seta ai piedi del letto e si voltò per andarsene, senza mai sollevare lo sguardo dal tappeto, una parola a bassa voce del duca bastò per bloccare i suoi movimenti, come si aspettava il duca. Avevano raramente, semmai era successo, scambiato una parola in camera da letto.

«Aspettate» sibilò il duca mentre scendeva dal letto, attento a non disturbare le coperte e svegliare la duchessa. Si infilò la banyan sul corpo nudo, si tolse i capelli dagli occhi e si avvicinò al valletto, che rimaneva con la schiena rivolta al letto e immobile come una statua. «Seguitemi» sussurrò, e andò per primo, lungo tutta l'*enfilade* di stanze, a piedi nudi finché non arrivò allo spogliatoio.

Una mossa languida con la mano rivolta ai due sorpresi domestici che non si erano aspettati che il duca arrivasse lì fin dopo il suo bagno li fece scappare dallo spogliatoio, lasciando il duca da solo con il valletto.

Roxton andò al tavolo nello spogliatoio, alzò il coperchio della cioccolatiera e inserì il frullino di legno. Poi cominciò a far ruotare il frullino tra il palmo delle mani in modo che la cioccolata assumesse una consistenza liscia e spumosa. E mentre si preparava meticolosamente la sua bevanda mattutina, diede le sue istruzioni.

Martin Ellicott non mosse un solo muscolo del volto.

«Dovete andare immediatamente a Parigi e tornare entro domani a mezzogiorno. Prendete la carrozza. E mentre sarete all'Hôtel, trovate cinque minuti tra i vari compiti, o comunque voi, ehm, sbrighiate queste cose, e visitate lady Estée. Riferitele i miei saluti e ditele che pensiamo tutti a lei in questo momento di difficoltà, specialmente suo marito. Lo accuserà di ogni tipo di falsi crimini e invocherà le piaghe d'Egitto su tutti noi per averla abbandonata. Non mi sorprenderebbe se non elencasse un gran numero di petulanti malori che le abbiamo causato con la nostra, ehm, insensibilità lasciandola all'Hôtel. Naturalmente voi sopporterete le offese e le sue arringhe con il vostro solito tatto e acume.»

«Sì, Vostra Grazia» rispose Ellicott in inglese, poiché il suo padrone gli aveva parlato nella lingua del vecchio duca, l'unica che il vecchio nobiluomo aveva permesso al suo erede di parlare mentre viveva sotto il suo tetto. Lo mise immediatamente all'erta per ciò che stava arrivando. Il duca conversava con lui in inglese solo quando aveva qualcosa di vitale importanza da dirgli e non voleva che altri capissero.

Roxton batté delicatamente il frullino sul bordo della cioccolatiera e lo appoggiò su un piattino, alzando per un attimo gli occhi sul valletto prima di tornare a quello che stava facendo. Versò con cura la cioccolata in una tazza di porcellana dipinta.

«Sono sicuro che mia sorella concluderà il teatrino agitandovi una pila di corrispondenza sotto il naso» continuò il duca, bevendo un sorso della bevanda dolceamara. «Lettere per lord Vallentine e me, e ce ne saranno parecchie per Sua Grazia. Portatele tutte a me. La duchessa può fare a meno delle errate prediche sul ruolo di madre degli eredi ducali e la somministrazione di alimenti e acqua ai nobili pargoli. E questo da una femmina che non ha ancora prodotto un infante. Oddio!» Il duca sbuffò frustrato e appoggiò la tazza sul piattino. Mentre lo faceva, i lunghi capelli neri gli ricaddero sulla fronte, nascondendogli per un momento la faccia e disse a denti stretti, con la frustrazione che vinceva sulla sua proverbiale calma: «Non ho sradicato la mia famiglia dal palazzo ancestrale e non l'ho portata in questa, ehm, cuccia per cani, per un capriccio».

Seguì una lunga pausa che Ellicott presunse fosse fatta in modo che lui potesse commentare. Che forse il duca aveva ritardato la preparazione per la caccia del re e l'aveva portato lì per il preciso scopo di ricevere un suo consiglio o, almeno, agire da cassa di risonanza per le sue preoccupazioni riguardo alla duchessa e al loro bambino. Ellicott non si stupiva più di niente riguardo al duca dopo il suo matrimonio. Quindi diede il suo consiglio, che partiva dal cuore, stupendosi da solo per la sua franchezza.

«Una saggia decisione, Vostra Grazia, che confido fornirà grande beneficio a Sua Grazia e alla piccola signoria. *Madame la Duchesse* è giovane ed è il suo primo figlio, ci devono essere momenti in cui si sente sopraffatta dal compito di essere madre. Bisogna anche dire che vostro figlio ha, secondo tutti, un appetito eccezionalmente vorace per il seno. Un segno eccellente della sua salute e del suo benessere che però, oserei dire, ha aggiunto un ulteriore peso al fardello della duchessa. Assumere le balie di Morvan e permettere loro di portare le loro famiglie nella nursery è stato un colpo di genio. Non solo penseranno alle crescenti richieste di cibo della piccola signoria, ma daranno anche tranquillità a Sua Grazia. E, oserei aggiungere, questo fornirà a entrambi voi un po' di tregua dai costanti bisogni di un bambino.»

Era raro che il duca restasse senza parole, ma fu così. Si tolse i capelli dagli occhi e fissò l'insolitamente loquace valletto aggrottando le sopracciglia nere, come chiedendosi che cosa gli fosse venuto in mente. E per coprire il suo muto stupore bevve un altro sorso di cioccolata. Un lieve tremito della mano gli fece appoggiare la tazza.

Ellicott vide il tremore, vide le sopracciglia scure aggrottarsi per lo stupore e li interpretò come rabbia furiosa con lui per aver dato un'opinione su una faccenda supremamente intima che non avrebbe dovuto commentare in nessun modo. Dubitava che lord Vallentine parlasse così liberamente al duca. Sbiancò. Barcollò. Sentì un ronzio nelle orecchie. Che cosa gli era venuto in mente?

Ma sapeva di chi era la colpa e perché, ed era la personcina che stava dormendo a tre stanze di distanza.

Lui e il duca si conoscevano da quando erano ragazzi ed Ellicott era il suo valletto da quasi due decenni. Eppure non gli aveva mai parlato come aveva fatto in quel momento. Aveva abbassato la guardia fino al punto di superare la linea invisibile che separava i diversi strati sociali, e tutto perché il duca gli stava profondamente a cuore. No, non era la frase giusta. Lo amava e si era innamorato anche della sua duchessa. Per lui erano la famiglia. Ma ciò che aveva appena fatto, nel suo ruolo di valletto, era non professionale, inconcepibile e imperdonabile. Doveva rassegnare immediatamente le dimissioni. Ma prima doveva scusarsi. Doveva...

Quando il duca parlò, ci volle un momento perché Ellicott riprendesse a pensare razionalmente. E quando si rese conto che il duca l'aveva chiamato con il suo nome di battesimo, si sentì forte il suo sospiro di sollievo.

«Povero me, Martin» disse languidamente il duca, alzando un sopracciglio. «Abbiamo lasciato che un piccolo essere ci incantasse, vero? E sapete meglio di chiunque altro che non mi sto riferendo a mio figlio. No! Non scusatevi per aver detto ciò che pensate. Per quanto riguarda il parlare, ehm, a sproposito, ne parleremo più avanti. Domani, in effetti. Al vostro ritorno venite in biblioteca.»

«Sì, Vostra Grazia» rispose in tono pacato Ellicott, con il cuore che batteva ancora in modo irregolare, le guance arrossate e lo sguardo fisso sul pavimento.

Al duca tremarono le labbra. «Potrete passare stanotte e domani mattina rimuginando su ciò che voglio discutere con voi. Ciò che vi chiedo adesso è di ascoltare e poi partire. E so che non ce n'è bisogno ma lo dirò comunque: non una parola, a nessuno, piccolo o grande che sia.»

UN'ORA DOPO, Martin Ellicott era l'unico occupante della magnifica carrozza del duca di Roxton, che percorreva la strada da Versailles a Parigi. Lo stemma ducale sulle portiere laccate di nero annunciava la nobiltà del suo proprietario mentre i lussuosi velluti e le sete dell'interno, il moderno molleggio, sei cavalli grigi e quattro uomini di scorta in livrea proclamavano la sua ricchezza.

Tornare all'enorme palazzo di *Monsieur le Duc* in Rue Saint Honoré, come suo rappresentante, fu come se il duca in persona fosse tornato a casa. Appena la carrozza svoltò nei cancelli neri e oro la voce si sparse come un incendio fuori controllo nel labirinto di corridoi di servizio e le vaste stanze di famiglia, facendo scattare i servitori verso i quattro angoli dell'edificio. E quell'incendio bruciava più ardente nell'appartamento che lady Estée divideva con suo marito e dove si poteva trovarla che languiva su una *dormeuse*, con una cameriera pronta con una bacinella di porcellana e i sali. Eppure la notizia dell'arrivo della carrozza del duca la fece mettere seduta e chiedere uno specchio. Aveva parecchio da dire a suo fratello. Poteva non sentirsi bene, addirittura stare per morire, ma non significava che non sarebbe apparsa al meglio davanti a lui.

Le istruzioni del valletto erano chiare. Doveva prendere il *porte-feuille* di pelle rossa che era al momento chiuso in un cassetto della scrivania del duca. Il duca gli aveva detto dove trovare la chiave nascosta. E non doveva tornare alla villa di Versailles senza il sarto parigino del duca e i suoi due assistenti, e con tutti gli strumenti del loro mestiere e una quantità di buon tessuto scuro di cui avevano bisogno per il guardaroba di un gentiluomo. Ciò che aveva sorpreso di più il valletto era colui che doveva unirsi a loro nel viaggio di ritorno: il suo immediato subordinato e sostituto, George Geraghty.

Non c'era semplicemente abbastanza spazio alla villa per tutti i servitori personali del duca, quindi il vice-valletto era stato lasciato indietro, incaricato di fare l'inventario del guardaroba parigino del duca e occuparsi del lavaggio, manutenzione, riparazione e rinnovo di ogni articolo di abbigliamento ritenuto insufficiente. Eppure, nemmeno due settimane dopo, il duca ora richiedeva i servigi del vice-valletto alla villa? Era terribilmente inquietante per Martin Ellicott. Non solo non era stato consultato, la presenza di Geraghty non era necessaria. Quindi perché lo avevano convocato?

Questa domanda scandì i suoi pensieri per tutto il giorno e tornò in primo piano quando fu lasciato mezz'ora ad aspettare per essere ammesso alla presenza di lady Estée Vallentine. Gli diede il tempo di rimuginare sul perché e il percome il duca avesse chiesto in particolar modo la presenza di George Geraghty. Ancora senza una risposta soddisfacente, entrò nel *boudoir* profumato e fu assalito dall'insieme di un forte e dolce profumo e di una sgridata caustica che gli paralizzò i sensi. Sentiva solo una parola su dieci, ma mantenne i lineamenti in uno stato di agevole neutralità. Quando gli fu finalmente permesso di prendere congedo, gli fu ficcato in mano un fascio di lettere, come aveva predetto il duca, con precise istruzioni riguardo alla loro distribuzione, che Ellicott ignorò immediatamente. Attribuì il pulsante mal di testa che gli fece compagnia per il resto della giornata all'opprimente profumo floreale di lady Estée. Non lo meravigliava che la sorella del duca soffrisse di nausea; non pensava che l'unica causa fosse la gravidanza.

QUATTRO

S TAVANO AIUTANDO il duca a infilarsi un paio di stivali da cavallerizzo di pelle nera con un enorme risvolto, che finivano sopra il ginocchio, quando Antonia apparve sulla soglia.

Era *en déshabillé*. Sopra la chemise bordata di pizzo portava un corpetto imbottito, allacciato lento sul seno con nastri di seta, e sotto una banyan di seta che le era scivolata da una spalla, portava una sottogonna imbottita che le teneva calde le gambe. I capelli erano raccolti in una lunga treccia disordinata, legata in fondo con un nastro, come se intrecciati in fretta e poi dimenticati. C'era un po' di colore sulle guance, perché aveva percorso in fretta tutto l'appartamento, pensando che il duca potesse essere già partito per unirsi alla caccia. Ma vedendolo e notando che si stava ancora vestendo, si fermò prima di entrare nella stanza e lasciò che il cuore si calmasse.

C'era un tempo in cui lei sarebbe andata di corsa da lui senza pensare a chi c'era o che cosa stava succedendo, per dirgli che cosa stava pensando. Prima delle incessanti prediche di sua cognata sulle sue responsabilità di duchessa e madre.

Estée le ricordava costantemente che ora che era una duchessa, e non una duchessa qualunque, ma *la Duchesse de Roxton*, Antonia doveva ricordare sempre la sua posizione. Che qualunque cosa facesse, qualunque cosa dicesse e in qualunque modo si comportasse, sarebbe sempre stata osservata e altri lo avrebbero saputo, specialmente quelli che desideravano far del male al duca. Voleva sabotare in un anno ciò che suo marito era riuscito a evitare per due decenni? Ed Estée non si riferiva al suo passato dissoluto, ma al tipo di scandalo che tutte le famiglie nobili desideravano evitare per non soffrire del ridicolo sociale.

La famiglia, e particolarmente Roxton era riuscito a evitare per un pelo di essere al centro di uno dei più grandi scandali del suo tempo, quando aveva sposato in segreto Antonia sotto il naso di suo cugino il conte di Salvan. E non importava che il conte avesse tramato di far sposare ad Antonia il figlio pazzo per poi prenderla come amante. Ciò che importava alla società erano le formalità e il fatto che c'era un contratto matrimoniale vincolante tra il nonno di Antonia e il conte. Più importante della discutibile moralità del conte, della follia del figlio e dell'innocenza di Antonia.

Sposando Antonia in segreto, il duca si era comportato come un comune brigante e un *provocateur* sociale. Ma agli occhi di molti, in particolare delle dame di corte, il comportamento di Antonia era molto peggiore e imperdonabile. Nonostante fosse stata formalmente promessa all'erede del *Comte de Salvan*, aveva permesso che un noto libertino la seducesse. Ponendosi deliberatamente nella sua orbita aveva stregato il duca portandolo a comportarsi in modo disonorevole e contrario ai suoi nobili principi. C'era da meravigliarsi se lui l'aveva sedotta?

C'era voluto l'intervento personale di Louis, con una dimostrazione pubblica di sostegno per il suo buon amico Roxton, per placare l'oltraggio privato dei cortigiani che chiedevano che il duca fosse bandito con una *lettre de cachet*. Ci sarebbe voluto un ulteriore intervento di Sua Maestà per far accettare Antonia come *Madame la Duchesse de Roxton*. La riabilitazione del suo buon carattere sarebbe cominciata con la sua presentazione ufficiale a corte. E guai se avesse fatto un passo falso perché gli avvoltoi le giravano intorno, aspettando di divorare socialmente lei e, di conseguenza *Monsieur le Duc de Roxton*.

Ed eccola lì adesso, in quella villa al margine del parco reale, che si stava preparando per il ricevimento ufficiale alla corte delle Loro Maestà. C'erano passi precisi che doveva fare per essere presentata. Doveva indossare un abito di corte ridicolmente costoso, ricevere istruzioni riguardo la stringente etichetta e il linguaggio di corte, perché i nobili francesi parlavano con un'inflessione che era solo loro. E doveva essere presentata da una donna di impeccabile virtù e nobiltà. Una volta fatta la riverenza alla regina e poi, separatamente, al re, con l'intera corte come testimone, i Roxton sarebbero rientrati nuovamente nelle loro file. Più importante per Roxton era che, dopo la riverenza pubblica, Antonia avrebbe potuto accompagnarlo alle piccole cene private che Sua Maestà teneva negli appartamenti della sua amante ufficiale, *Madame* de Pompadour.

Antonia era pronta a fare questo e ancora di più, sapendo quanto fosse importante questo teatrino aristocratico per la prosperità sociale del duca. E adesso che avevano un figlio e il duca un erede, doveva pensare anche al suo futuro ed era imperativo che lei fosse la migliore duchessa possibile, per loro. Tutto questo le passò per la mente mentre aspettava sulla soglia, così presa dai suoi pensieri che il duca dovette ripetere la domanda.

Roxton notò lo stato di *déshabillé* e il corpetto in particolare e immaginò perché fosse ancora in quello stato. Fece segno ai suoi domestici di allontanarsi e le tese la mano.

«L'avete allattato voi questa mattina, *ma fée?*»

«Sì, mentre facevo il bagno» gli rispose tranquillamente Antonia. Quando il duca sbatté gli occhi con un'espressione interrogativa, aggiunse: «La cosa vi sbalordisce?»

«No, mi sorprende.»

«Gabrielle e le mie donne, ah, loro erano sbalordite. Ma non credo che lo fosse Céleste» rifletté Antonia. «Quindi forse ha allattato anche lei un bebè mentre era nella vasca. Ma in realtà ritengo che, essendo una balia di professione, accetti placidamente che si debba mettere al primo posto il bambino affamato.» Alzò una mano. «Vi chiedo, *Monseigneur*, che altro dovevo fare? A Julian non interessa se la sua *maman* è nella vasca da bagno, immersa fino al seno nelle bolle! Tutto quello che gli interessa è avere accesso a quei seni e immediatamente.»

Il duca nascose un sorriso e chiese in tono indifferente: «Non avete pensato che dato che eravate, ehm, indisposta, i suoi immediati bisogni avrebbero potuto essere soddisfatti da una delle balie, in modo che poteste godervi il bagno?»

Antonia lo guardò di traverso. «Ci ho pensato. Ma farlo sarebbe stato egoista. Julian è stato allattato *due* volte questa notte e Céleste e Cécile devono anche provvedere ai loro bambini. È l'accordo che abbiamo fatto con loro, *oui*? Inoltre» aggiunse facendo il broncio, «devo farlo ancora per un po'.»

«Che cosa? Allattare vostro figlio mentre fate il bagno?»

«Sciocco!» Antonia rise e si sentì meglio. Si premette contro di lui e alzò la testa per un bacio. «Grazie.»

Il duca la strinse tra le braccia. «Per che cosa, *ma belle*?»

«Perché mi fate sentire *un peu moins découragée*. A volte, e so che non vi stupirà assolutamente, i bambini stancano moltissimo.»

«Sì, è vero. E ancora di più per voi. Ma stiamo facendo progressi, vero? Nostro figlio prospera. E perché non dovrebbe, con due balie esperte a sua completa disposizione giorno e notte? E danno un po' di tregua alla sua mamma. Tutto ciò che conta è che sia sano e che voi siate libera dalle preoccupazioni. Tutto il resto andrà a posto da solo con il tempo.»

«Se per andare a posto vi riferite a svezzare Julian dal mio seno, so che devo essere paziente. Ma non lo sono, Renard. Io sono molto impaziente. Sto trovando pesante svezzarlo quanto lo è stato farlo attaccare all'inizio.» Antonia fece una smorfia. «Mio figlio ha una cattiva madre.»

«Siete troppo dura con voi stessa, *ma vie*. Nostro figlio si è attaccato al vostro seno, giorno e notte, per tre mesi. Come vi ho detto, la maggioranza delle dame di corte non vede mai i figli dopo la nascita, men che meno li allatta. I bambini vengono mandati a balia nei villaggi vicini per essere accuditi.»

«Io non potrei mai fare una cosa simile! Voglio nostro figlio con noi, sempre. È che non posso più allattarlo perché… perché…»

«E perché dovreste?» la interruppe il duca. E per distrarla ancor più dalle sue auto-recriminazioni e dal problema che era già stato risolto assumendo le balie di Morvan, aggiunse in tono frivolo: «Se posso offrire un suggerimento che vi aiuterà a essere più a vostro agio durante il periodo di svezzamento…» Avendo ottenuto la sua completa attenzione, disse con una solennità forzata: «Mi dicono che l'applicazione di foglie fredde di cavolo su ogni seno fa meraviglie nel ridurre il disagio e, ehm, l'inutile gonfiore».

Antonia lo fissò a bocca aperta. «Foglie di cavolo?»

«Foglie *fredde* di cavolo, *ma petite.*»

«Come fate a sapere delle foglie di cavolo? Ci credo. Ma come fate a saperlo voi?»

«Mi è stato detto da…»

Antonia lo baciò in fretta, bloccando le parole. «No! Non ditemelo! So che le donne nel vostro passato erano tante e di tanti tipi, ma…» Negli occhi verdi brillò una scintilla. «Non avrei mai pensato che aveste portato a letto una donna con… con…» Ridacchiò e si agitò tra le sue braccia, «… con dei vegetali sul seno!»

Il duca finse di essere offeso e la strinse un po' di più. «Non mi stavate ascoltando. Ho detto che mi è stato riferito.»

Antonia fece un gesto indifferente. «Sì. Ve l'ha riferito la donna con le foglie di cavolo. Letto, coperta o *dormeuse*, non è importante dove ha avuto luogo l'incontro. Ma questa faccenda delle foglie di cavolo mi interessa molto.»

«Allora posso suggerire che mandiate qualcuno in cucina e ne facciate portare parecchie in un secchio di ghiaccio? Quando tornerò mi interesserà sapere se vi hanno veramente dato sollievo.»

La lasciò andare quando sulla porta apparve un servitore in

livrea, che gli riferì che i suoi stallieri, i cani e i cavalli lo stavano aspettando.

«Avevo sperato di salutarvi in cortile, ma non sono vestita. Quindi lo farò dalle finestre della galleria» gli disse Antonia mentre il duca prendeva la tabacchiera e un paio di guanti neri di pelle dal tavolo da toeletta.

«Siete venuta qua pensando che me ne fossi andato senza salutarvi?» le chiese il duca con quella straordinaria capacità di leggere i suoi sentimenti e i suoi pensieri. Quando lei annuì, appoggiò la fronte alla sua e la guardò negli occhi con un sorriso. «Non uscirò mai senza un bacio di mia moglie. Vi cercherò sempre per dirvi *au revoir*.»

«Grazie, ma se è perché vostro padre vi ha lasciato per la caccia e non gli avete detto arrivederci…»

«… e si è rotto il collo durante quella caccia? Sì, potrebbe avere a che fare con quello, ma la verità è che non mi piace stare lontano da voi in qualsiasi momento, caccia o non caccia.»

«È lo stesso per me. Ma a volte non se ne può fare a meno e *moi*, io l'accetto.» Accarezzò la guancia appena rasata. «Non vi romperete il collo. Siete un ottimo cavallerizzo. Inoltre non lo permetterò. E…» aggiunse con gli occhi verdi pieni di malizia. «Dovete tornare a casa da me, non posso andare in giro coperta di foglie di cavolo per sempre.»

Il duca scoppiò in una risata, poi la baciò di nuovo. «Terrò in mente quella magnifica immagine. Mi farà tornare da voi al più presto.» Ebbe un pensiero improvviso e tornò serio. «Antonia, sapete che nonostante la mia, ehm, storia, nessun'altra donna è mai stata paragonabile a voi, nessuna. Vi trovo… Vi trovo *infinitamente affascinante*.»

«Ah! *Monseigneur*, non c'era bisogno di dirlo» rispose Antonia con un sorriso tremulo e gli occhi umidi. «Ma sarò sempre felice di sentirvelo dire. *Au revoir, mon amour*.»

«*Au revoir, ma vie*.»

E il duca se ne andò con un fruscio di falde di velluto, con il servitore in livrea che lo seguiva con il cappello, la spada e la fiaschetta d'argento mentre percorreva a grandi passi l'*enfilade*.

Appena il duca uscì dal loro appartamento, Antonia si affrettò ad attraversare la villa per andare alla galleria.

Sembrava che tutto il personale fosse raccolto lì. Uomini e donne con i bambini attaccati alle sottane o tenuti su un fianco, tutti accalcati contro la fila di finestre che coprivano la parete della lunga stanza. Alcuni avevano il naso premuto contro il vetro e tutti erano affascinati dall'attività nel cortile della scuderia di sotto. Erano tutti in silenzio. Nessuno notò che *Madame la Duchesse* di Roxton era dietro di loro. Poi una delle bambinaie si voltò per controllare l'occupante della culla che stava dondolando, vide la sua padrona e restò tanto sbigottita da esclamare: «*Madame la Duchesse! Sa Majesté! Sa Majesté*. È qui!»

CINQUE

Antonia non andò immediatamente alla finestra, ma alla culla che la bambinaia stava dondolando avanti e indietro. Sorrise a suo figlio e gli fece il solletico sul pancino. Quando lui emise un involontario strillo di gioia e scalciò le gambe grassocce e le braccia per salutarla, Antonia lo prese in braccio, con la copertina bianca e tutto il resto e baciò la sua guancia rosca.

«Andiamo a salutare il tuo bel papà sul suo cavallo?» gli chiese dolcemente e si voltò verso le finestre.

Ma si trovò bloccata da un muro di tre file di schiene. Non era contenta che i servitori si fossero distratti, ma se il re era veramente di sotto, capiva la loro eccitazione e il fatto che non si accorgessero di lei. Non capitava tutti i giorni, probabilmente mai, che normali sudditi vedessero il loro re o i suoi cortigiani così da vicino. Il castello poteva anche essere aperto al pubblico che poteva passeggiare nei giardini ed entrare nelle stanze pubbliche, ma il re era sempre circondato dai nobili della sua corte, e protetto da un contingente di guardie svizzere. E nessuno che non fosse stato presentato poteva avvicinarsi.

«Fate largo! Fate largo!» ordinò lord Vallentine, riscuotendo

Antonia dalle sue riflessioni e mettendosi davanti a lei per farsi strada nella calca. «Fate largo, dico! Solo perché non siete all'Hôtel non pensiate di poter fare quello che volete! Adesso via! *Madame la Duchesse* ha bisogno di vedere!»

I domestici tornarono in fretta in sé, si inchinarono e tornarono ai loro posti. Le cameriere della nursery presero in braccio i bambini attaccati alle loro sottane e si allontanarono. Le donne di Antonia e la sua cameriera personale, Gabrielle, che erano tra gli astanti, fecero in fretta una profonda riverenza, sotto l'occhio critico di lord Vallentine. Con le guance rosse e gli sguardi bassi si tirarono indietro, permettendo alla loro giovane padrona di portare suo figlio alla finestra.

«È di questo che parlava Estée» si lamentò lord Vallentine mentre si faceva da parte in modo che Antonia potesse guardare fuori. «Continuate a scendere di sotto e questa gente continuerà a prendersi delle libertà. Dovete mantenere la giusta distanza, adesso che siete una duchessa.»

Antonia lo guardò con una smorfia sul viso, senza avere la minima idea di che cosa stesse parlando.

«Non capisco. Libertà? Giusta distanza? Più tardi me lo spiegherete. Ma adesso Julian deve salutare con la manina *son père*.» Sorrise a suo figlio, aggiustò la presa in modo che avesse la schiena contro il proprio petto e fosse di fronte alla finestra e guardò dabbasso, nel cortile, dicendo con la voce che usava di solito con lui: «Vedi *ton père, mon cher fils?* Lo vedi?»

«Da come si comportano, si potrebbe pensare che non abbiano mai visto un gruppo partire per la caccia» continuò lord Vallentine sbuffando, «o che il re di Francia sia venuto a trovarci!»

Pronunciò l'ultima frase ridendo e scuotendo la testa per l'incredulità. Ma Antonia lo guardò, perplessa.

«Ma… Vallentine, *c'è* il re di Francia, giù nel cortile, con *Monseigneur.*»

«Eh? Cosa?»

Antonia tornò a guardare fuori. «Aprite gli occhi. Non lo vedete? È quello che indossa un abito viola in mezzo al mare di nero.»

«Viola?» Vallentine fece una smorfia. «Colore orribile per una donna. Peggio ancora per un uomo.»

Antonia fece una risatina. «Sua Maestà non indossa il viola perché gli piace, ma perché è tradizione che il re lo faccia durante il periodo di lutto. E Sua Maestà è ancora in lutto per la perdita della Delfina, lo porta per lei. E il colore non è importante, perché è molto attraente qualunque colore indossi. Più bello che sulle monete.»

«Non fatevi sentire da Roxton quando lo dite» disse cupo Vallentine.

«Siete ridicolo. Sto solo dichiarando un fatto. E *Monseigneur* sarebbe d'accordo con me. Juju! Guarda, ecco *ton père*» mormorò piano all'orecchio del figlio, aggiungendo ammirata: «*Monsieur le Duc* ha la postura migliore di tutti i cavallerizzi. Un giorno l'avrai anche tu, trottolino».

«Sta sempre d'incanto su un cavallo, vero?» ammise Vallentine. «E anche con tutti gli altri vestiti di nero, Roxton riesce comunque a eclissarli tutti.»

«Ma è ovvio» disse Antonia, con un'espressione furbesca. «È il migliore in tutto...»

«... Tranne che con la spada» la interruppe Vallentine, abboccando. «Non è bravo quanto me con una lama.»

«No, ma *Monseigneur* è migliore in tutto il resto» dichiarò Antonia. «Non potete negarlo. Ed è più bello. Anche questo è un fatto.»

«Oh, adesso, ascoltate. Come appare una persona a un'altra è una questione di opinione» disse Vallentine, ma Antonia lo interruppe.

«Juju! Guarda! *Ton père* ci ha visti!» esclamò Antonia, prendendo le piccole dita del bambino e agitando la manina alla finestra.

La sua eccitazione era contagiosa e il bambino strillò entusiasta, scalciando le gambine nude e agitando le braccia. Antonia rise a quei gesti ma lo tenne un po' più stretto per assicurarsi di non lasciarlo cadere nonostante tutto quel dimenarsi.

Vallentine sbuffò e si sbatté una mano sulla fronte, chiedendosi che cosa avrebbero pensato quelli in cortile, specialmente il duca, di uno spettacolo simile. Poteva solo sperare che fossero distratti, con tutto quel trambusto.

Ma quello che qualche minuto prima era un caos ordinato adesso era inquietantemente silenzioso, il cortile senza più mozzi di stalla, stallieri e maniscalchi, ora che il loro lavoro era finito. Anche una decina di uomini di scorta delle guardie svizzere del re si erano spostati, verso l'arcata, lungo il sentiero accanto al giardino recintato, verso il parco più avanti. Lì si stava riunendo il resto della caccia. Un gruppo di nobili con uomini di scorta in livrea, con corni da caccia e altri con fucili a pietra focaia stava risalendo la collina. Dietro di loro venivano i corridori e il seguito con bastoni e mute di cani, mentre in coda c'era un altro contingente di guardie svizzere a cavallo.

Al centro del cortile restava solo il duca a cavallo, e con lui il re di Francia in tutta la sua gloria violetta. Avevano fermato le loro cavalcature, rivolti verso la villa, con le schiene al trambusto oltre il muro e stavano tranquillamente conversando. Il re stava sorridendo a qualcosa che gli aveva detto il duca. E poi Roxton voltò la testa, alzò lo sguardo alla fila di finestre della galleria e fissò direttamente Antonia. Era come se avesse sempre saputo che era lì e stesse solo aspettando il momento ideale per interrompere la conversazione per farglielo sapere.

Si fissarono negli occhi.

Il cuore di Antonia mancò un battito e sentì il calore salirle alle guance. E quando il duca le sorrise con i suoi occhi scuri, con le labbra che si muovevano appena, come faceva solo con lei, lei gli restituì il sorriso con un sospiro, inconsciamente dando voce alla sua ammirazione.

«Nessuno eclissa *Monsieur le Duc*, nemmeno il re di Francia.»

«Sono le parole di un traditore» ribatté Vallentine scherzando, poi si chinò di lato per dirle sottovoce. «Sarà meglio che facciate la riverenza, come il resto dei suoi sudditi alle vostre spalle. Anche se non è il signore e padrone di Roxton, è il re di questo dominio…»

Il discorso spezzò l'incantesimo. Antonia sentì le sue donne che si abbassavano fino al pavimento. E quando anche Vallentine rese omaggio con un profondo inchino, il suo sguardo passò dal duca al re.

E lì c'era Louis, re di Francia, che la salutava alzando il tricorno viola con la piuma.

Antonia sprofondò immediatamente in una riverenza, come meglio poteva, stringendo al petto il figlio che si dimenava. E quando si rialzò, con l'aiuto di Vallentine che le prese il gomito, il re si rimise il cappello, voltò la cavalcatura e si diresse fuori dal cortile. Il duca rimase ancora un momento, guardandola. Antonia gli mandò un bacio con un sorriso. Lui ammiccò in risposta. E poi voltò il cavallo e seguì il re nel parco per unirsi al resto della caccia.

«Aspettate che Estée sappia che il re si è tolto il cappello per voi!» dichiarò Vallentine con una risata. «E che voi avete fatto la riverenza con vostro figlio in braccio! Ah! Scommetto che è stata una novità anche per Louis!»

«Niente che importi, adesso» disse Antonia, sprezzante. Baciò la guancia grassoccia del figlio e lo tese allo zio. «Per favore, portate vostro nipote alle sue balie. Devo finire di vestirmi e poi ho una lettera da farvi leggere.»

«Lettera?» chiese Vallentine, prendendo il bambino senza pensarci. Troppo tardi si rese conto che adesso aveva in braccio un bambino con una corta camiciola, nudo dalla vita in giù dato che la coperta bianca in cui era avvolto era scivolata sul pavimento. Julian stava scalciando le gambine con grande gioia e gorgogliando. «Ehi, ehi, non ha nemmeno i calzoni!»

«Calzoni? I bambini non portano i calzoni finché non sono ragazzini. Siete stato un ragazzo, dovete sapere queste cose.»

«Perché? Perché dovrei saperlo? Io non ricordo di *non* avere indossato i calzoni» le rispose lamentoso Vallentine mentre Antonia se ne andava con le sue donne che la seguivano. «Ehi! Accidenti! Che cosa… Che cosa dovrei farne?»

SEI

Lord Vallentine aspettò che Antonia si vestisse passando una piacevole ora gironzolando per la villa, passeggiando per le numerose *enfilade* e vani scala e ficcando il naso nelle stanze spaziose e ben arredate. Alcune avevano solo sofà e poltrone dorate e rivestite di seta e folti tappeti, mentre altre erano occupate da operai di vario tipo che stavano togliendo la vecchia vernice, ridipingendo, intagliando e arredando le stanze con grandi specchi, sovra-mensole, mobili e *objets d'art*. Arrivò perfino a guardare dietro a più di una delle porte nascoste nel rivestimento di legno. Lì si trovò spesso davanti un cameriere in livrea o due, o una cameriera occupata a spolverare, lucidare o a cambiare le candele, tutti generalmente impegnati nella gestione quotidiana di una residenza aristocratica.

Non era il più astuto degli osservatori delle abitudini dei servitori ma sentiva che erano più felici lì alla villa che non all'Hôtel a Parigi. C'entrava anche il fatto, ne era sicuro, che diversamente dal cavernoso palazzo del suo amico che era difficile da riscaldare, quella villa era calda in tutte le stanze.

C'era una stufa olandese di ceramica nel foyer e due nella lunga galleria e uno dei servitori che stava alimentando quella nel foyer, gli disse che ce n'era una quarta nell'appartamento privato occupato dal duca e dalla duchessa. Un sistema di tubi collegava tutte le stufe, dispensando calore per tutta la villa.

Ma immaginava anche che la serenità dei servitori fosse dovuta al fatto che erano lontani dall'occhio esigente di sua moglie. Per quasi un decennio Estée era stata la padrona all'Hôtel e quindi il personale ricadeva sotto la sua supervisione. Ma ora Roxton era sposato e aveva una duchessa, la gestione della casa ducale non era più compito di sua moglie, ma di Antonia ed era quello il problema. Sapeva che Estée trovava difficile rinunciare al controllo; più preoccupante era la sua incredibile capacità di trovare mancanze in ogni azione e decisione della duchessa. E con due donne dalla forte volontà sotto lo stesso tetto, anche se era un tetto enorme, la vita all'Hôtel era diventata difficile.

E avendo avuto tempo di rifletterci mentre gironzolava nelle stanze della villa, Vallentine concluse che non c'era proprio da meravigliarsi che Roxton avesse lasciato Parigi con la sua duchessa e suo figlio e l'avesse portata qua. Vallentine non era forse scappato anche lui dall'Hôtel e da sua moglie? Sentì una fitta di senso di colpa per averla lasciata mentre era sprofondata nella depressione a causa della nausea mattutina. Ma era solo una piccola fitta e passò in fretta, perché Estée gli aveva stupidamente ordinato di andare dovunque, purché non fosse accanto a lei. E dato che il duca aveva bisogno di lui, e, cosa ancora più importante, ne aveva bisogno Antonia, aveva soddisfatto i desideri di sua moglie, senza dubbio un po' troppo in fretta perché ne fosse contenta.

E doveva rimangiarsi il commento sul fatto che la casa fosse una cuccia per cani. Avrebbe dovuto sapere che Roxton non avrebbe vissuto in nessun posto che non fosse uno spazioso splendore. Essendosi orientato e avendo visitato tutta la residenza, dentro e fuori, si rese conto che l'abitazione era composta da quelle che un tempo erano due case separate. Una galleria collegava le due residenze, passando sopra la *porte cochère,* e Antonia l'aveva trasformata in una grande nursery per suo figlio, le balie e i loro figli.

La facciata che dava sull'*avenue* dava ancora l'impressione che ci fossero due case separate che condividevano la *porte cochère* con il suo grande portone a due battenti dipinto d'azzurro che teneva fuori il mondo. L'ingresso carrabile coperto era abbastanza ampio perché anche la più grande carrozza da viaggio potesse fermarsi all'interno di una profonda rientranza che proteggeva i suoi occupanti dagli elementi. Qui i passeggeri scendevano e passavano immediatamente in un vasto foyer con il pavimento di piastrelle bianche e nere e uno scalone ricurvo di lucido marmo. Al primo piano, le *enfilade* si allungavano a sinistra e a destra. E come scoprì Vallentine durante il suo tour auto-guidato, mentre gli ospiti potevano svoltare a destra, non potevano andare a sinistra. Lì c'erano due servitori a mo' di sentinelle che sorvegliavano l'entrata agli appartamenti privati del duca e della duchessa.

Aveva fatto il giro completo ed era tornato alla luce e al calore della galleria, e fu sorpreso di trovare Antonia che lo aspettava. Era accanto alle finestre, alla luce del sole che entrava obliqua, con i capelli raccolti e tenuti a posto da un assortimento di spilloni e altri ornamenti ingioiellati. Sopra le sottogonne imbottite e il corpetto aveva un abito aperto di velluto color borgogna e portava mezzi stivaletti e un grande manicotto di pelliccia. Con lei c'era una delle sue donne, con una giacca foderata di pelliccia e il cappuccio su un braccio, pronta per quando la sua padrona fosse andata in giardino.

La galleria non era rumorosa come quando Vallentine se n'era andato dopo aver consegnato il prezioso pargolo ducale alle sue bambinaie. Mezza dozzina di bambini era già stato nutrito, intrattenuto o era sorvegliato al lato opposto, dietro a paraventi sistemati appositamente; un paio di culle ospitavano bambini dormienti. Erano sorvegliati dalle bambinaie, sedute alla luce delle finestre, occupate a cucire e a conversare a voce bassa.

Vallentine andò da Antonia sorridendo ed era sul punto di complimentarsi quando lei si voltò, lo guardò dalla testa ai piedi e chiese con un sorriso malizioso: «Perché portate la spada? Ci stanno per attaccare… i bambini?»

«Divertente!» Inconsciamente lord Vallentine mise la mano guantata sull'elsa della spada e alzò il mento con la fossetta. «È sempre meglio restare vigili. Non si è mai abbastanza cauti.»

Antonia lo guardò perplessa. «Ma se ci fosse stato pericolo, *Monsieur le Duc, lui* non sarebbe andato a caccia con il re, no? Che cosa non mi state dicendo?»

«Dicendo? Eh?» Vallentine alzò una mano, arrendendosi. «Ma siete voi quella che mi ha fatto chiamare, ricordate?»

«Sì» rispose Antonia soddisfatta. «Chiedo scusa. Avete ragione. Non si può mai essere abbastanza cauti. Quindi accetterò volentieri la vostra spada e la vostra protezione perché *Monseigneur* non sarebbe contento se non le avessi. Capirete ciò che voglio dire quando avrete letto la lettera.» Lo prese a braccetto. «Venite, andiamo in giardino mentre c'è ancora il sole, dove non ci possono sentire» aggiunse in punta di piedi sussurrandogli all'orecchio.

All'aperto, con la giacca col cappuccio, le mani guantate dentro il manicotto di pelliccia, Antonia scese dalla terrazza verso un sentiero in giardino che portava a uno stagno con una fontana che un gruppo di operai stava riparando. Lord Vallentine era accanto a lei, con un lungo pastrano sopra la giacca e le mani sprofondate nelle tasche. Li seguiva la cameriera di Antonia, ma, come le avevano ordinato, si teneva a distanza in modo che la coppia potesse parlare liberamente senza avere la sensazione che ogni loro parola venisse ascoltata.

Non si erano allontanati molto quando Antonia si fermò e tolse una lettera con il sigillo rotto dal manicotto. Gliela mostrò.

«L'ho ricevuta da *grand-mère* un mese fa» gli disse. «È successo quando *Madame* è stata colpita dalle nausee mattutine. So che se non si fosse sentita così male me ne avrebbe chiesto notizia, e non avrei potuto mentirle. Ma non ho detto una parola a *Monsieur le Duc* per tutto questo tempo perché... perché non sarebbe contento di *grand-mère.*»

«Non so perché ve lo sto dicendo» disse Vallentine in quello che sperava fosse un tono solenne, «perché lo sapete meglio di chiunque altro, ma non riuscirete mai a nascondere qualcosa a Roxton quando si tratta della sua famiglia. Specialmente se riguarda *voi*. Scommetto che sa già che cosa c'è in quella lettera e anche di più.»

Antonia fece spallucce. «So che *Monsieur le Duc* ha a cuore i miei migliori interessi. Non mi preoccupa minimamente. Ma questa?» Scosse la testa e fece sporgere il labbro. «No. Non sa che cosa c'è in questa.»

«Come potete esserne sicura?»

«Perché non ci sono state le conseguenze che ci sarebbero state se l'avesse saputo. Ma se e quando lo scoprirà…» Rabbrividì per un attimo, poi si voltò e afferrò il braccio di Vallentine. «Voi e io, *noi*, metteremo fine alla faccenda prima che ci siano queste conseguenze. Ma capisco che siete ancora all'oscuro di tutto, quindi ve lo spiegherò.»

«Se non vi dispiace. Ma prima che cominciate… e non dovrei dirlo perché quella donna è vostra nonna. Quindi permettetemi di riferirmi a lei come lady Strathsay. Quella donna è una vipera, una serpe gelosa e vendicativa. Farebbe qualsiasi cosa per turbarvi, lo sapete, vero?»

Antonia annuì. «Sì. È tutto vero. È l'unica macchia nelle nostre vite, tranne questa lettera. Quindi adesso ci sono due macchie che sono diventate una grande macchia!»

«Parlatemi di questa grande macchia e ditemi che cosa ha scritto quella vipera, *ma petite sœur*» disse gentilmente Vallentine. «E farò tutto quello che serve per aiutarvi.»

«Grazie, *cher beau-frère*. So che *Monsieur le Duc* e io possiamo sempre contare su di voi e non è ciò che ha scritto *grand-mère*, è quello che ha fatto» rispose misteriosamente Antonia.

Le spalle che si stringevano e il lieve sospiro furono sufficienti per far digrignare silenziosamente i denti a Vallentine. E quando Antonia alzò gli occhi su di lui con un sorriso coraggioso e la speranza negli occhi verdi, Vallentine avrebbe accettato di fare qualunque cosa per toglierle quel fardello dalle spalle. Ciò che gli disse poi Antonia lo lasciò a bocca aperta.

«È solo che non voglio che *Monseigneur* uccida qualcuno.»

Vallentine sbuffò. «*Uccidere?* Siete sicura?»

Antonia annuì. «Ma certo. Pensate che non conosca *Monseigneur* meglio di chiunque altro?»

«Non c'è dubbio.» Vallentine si chinò verso di lei e chiese a voce bassa. «Volete che ci pensi io a ucciderli?»

Fu il turno di Antonia di trasalire.

«*Quoi?* No! No! No! Nessuno deve morire, Vallentine! Voi e io dobbiamo fare in modo che tutto sparisca prima che *Monsieur le Duc* lo scopra.»

Vallentine scosse la testa. «Sarei d'accordo, ma siamo pratici. Lo scoprirà e farà ciò che è necessario e se è una questione d'onore…»

«Ma certo che è una questione d'onore!» ripeté Antonia, raddrizzando le spalle. «Pensate che *Monsieur le Duc* ucciderebbe qualcuno per meno? Ed è il motivo per cui non deve scoprirlo e perché non glielo posso dire e perché voi mi aiuterete.»

«Forse fareste meglio a cominciare dall'inizio e dirmi di che cosa si tratta» suggerì Vallentine.

«Siamo qui proprio per questo. Il motivo per cui siamo qui nell'aria gelida.»

«Capisco, non volete che le spie di Roxton lo scoprano e, di conseguenza, che lui scopra che cosa sapete voi che lui non sa.»

«Sì e no. È vero che non voglio che *Monseigneur* lo sappia. Ma non voglio nemmeno che *grand-mère* scopra quanto questa cosa mi sconvolge. E lo scoprirà. Sembra conoscere ogni mia mossa senza che io gliela dica.»

«C'è una spia tra il personale di casa Roxton?» Vallentine era sbigottito. «Gesù! Non vi sbagliate pensando che ci sarà un omicidio. Sarà versato del sangue quando scoprirà il traditore. Avete un'idea di chi possa essere?»

Antonia aggrottò la fronte. «Non capisco. Perché vi stupisce tanto che mia nonna abbia una spia a casa nostra, quando *Monsieur le Duc* ha spie dappertutto?»

«È diverso. Lei è una vipera, lui no.»

«E questo lo rende accettabile? No! No! Non voglio discutere di filosofia con voi. Non c'è tempo. Dovrei compilare un elenco…»

«*Un elenco*?!» sibilò Vallentine, portando la mano all'elsa della spada e si guardò alle spalle come aspettandosi un pericolo imminente. «Di quante spie stiamo parlando?» E poi all'improvviso un pensiero… Guardando Antonia perplesso, chiese con evidente disappunto. «Queste spie, non sono donne, vero?»

«Che cosa c'entra? Una spia è una spia.»

«Non posso infilzare una donna con la spada.»

«È un bene perché ovviamente dev'essere una donna se lei…»

«Peccato, accidenti.»

«… sta spiando per conto di *grand-mère*. Ma lei, quella spia, non è quello che mi preoccupa nell'immediato. Potete lasciare a me quella spia. Vi ho detto di lei solo perché è parte della macchia più grande… e adesso guardando la vostra faccia da merluzzo capisco che non avete idea di che cosa stia parlando!» Antonia ridacchiò e afferrò il braccio di Vallentine. «Venite! Penso che sia meglio che adesso smetta di parlare e ve lo mostri, poi capirete.»

«È saggio?» borbottò Vallentine e lasciò che Antonia lo precedesse lungo il sentiero che portava allo stagno.

Lo stagno era stato svuotato per la riparazione e la manutenzione invernale e una mezza dozzina di operai stava smontando una fontana che formava il pezzo centrale di questo ornamento del giardino. Antonia continuò a camminare, fissando la lettera che aveva in mano. Ma loro si fermarono, si misero diritti e si tolsero all'unisono il cappello quando lei e Vallentine passarono, prima di ricominciare a lavorare.

Antonia proseguì fino a un pergolato e lì si fermò e aprì la lettera di sua nonna, Augusta, la contessa di Strathsay. Il biglietto della contessa era breve e riguardava la lettera che racchiudeva. Antonia non gli disse ciò che aveva scritto sua nonna, non ce n'era bisogno. Ciò che importava era la seconda lettera, chi l'aveva scritta e perché.

Antonia la consegnò al cognato.

«Questa era all'interno della lettera di *grand-mère*. È indirizzata a me, ma è stata mandata a lei. Quando vedrete da chi viene, capirete perché non è stata inviata direttamente a me, perché ho questo enorme dilemma e perché non ho parlato della sua esistenza a *Monsieur le Duc*. Senza contare ciò che scrive.»

Vallentine prese la lettera, fissando Antonia e il suo sguardo restò su di lei mentre apriva l'unica pagina di pergamena scritta su entrambi i lati. Lasciò cadere lo sguardo per un attimo sullo scritto quando Antonia fece un passo indietro e guardò verso la casa.

Non cominciò immediatamente a leggere ma voltò la lettera e andò alla firma nella parte bassa a sinistra. Era una grafia ornata e accanto c'era un sigillo di cera rossa sul quale era stato premuto lo stemma di un'antica e nobile famiglia francese.

Lord Vallentine alzò di colpo la testa, con gli occhi azzurri ridotti a due fessure e la bocca stretta per il ribrezzo. Riuscì a malapena a pronunciare il nome e quando lo fece uscì in un sibilo pieno d'odio.

«*Salvan.*»

SETTE

Quando lascerete l'Inghilterra non voglio più vedere la vostra faccia… Se mai vi avvicinerete alla duchessa, per qualsiasi motivo, vi ucciderò. Se mai le causerete il minimo disagio, che sia anche la sola menzione del vostro nome in relazione alla mia famiglia, o se farete in modo che un pettegolezzo di qualunque tipo raggiunga le orecchie di mia moglie, vi ucciderò…

QUESTE PAROLE AGGHIACCIANTI, dette dal duca a suo cugino il conte di Salvan solo dieci mesi prima, erano incise per sempre nel cervello di Vallentine. Così come l'immagine di Roxton che pronunciava questa minaccia prima di voltare le spalle per sempre a Salvan. Il terrore del conte quando si era reso conto che il duca pensava ogni parola che aveva detto era stata una piccola ricompensa. Vallentine aveva chiesto niente di meno della morte del conte per la sua partecipazione all'orrenda aggressione alla duchessa e al figlio non ancora nato. Eppure, nonostante fosse arrivata vicina a perdere la vita e ad abortire il figlio, Antonia non aveva voluto che i responsabili, Salvan e il figlio folle, fossero uccisi. Il duca aveva accondisceso.

Ma Vallentine dubitava che il suo amico sarebbe stato clemente una seconda volta.

E ora aveva in mano la prova che Salvan aveva ignorato l'avvertimento del duca! Quell'uomo aveva perso completamente la testa? Perché tutto quello che ci sarebbe voluto sarebbe stato che il duca sapesse dell'esistenza di questa lettera (e non sarebbe servito che gliela sbattessero sotto il naso) e sarebbe andato di corsa a Limoges per mantenere la sua promessa. Secondo Vallentine, Salvan aveva solo poche settimane da vivere.

Gli faceva ribollire il sangue che il francese avesse osato scrivere ad Antonia, ma lo infuriava pensare che fosse stata sua nonna il tramite col quale il conte aveva avuto accesso alla duchessa.

«Ritiro quello che ho detto sul non infilzare una donna con la spada» sbottò, accartocciando la lettera tra le dita strette per la rabbia. «Farò un'eccezione per quel-quel demonio di femmina che avete come nonna.»

«Vallentine! Non accartocciatela prima di averla letta!»

Sua signoria fece una smorfia. «Devo proprio? So da chi viene. Vedo che vi ha sconvolta. È più che sufficiente e tutto ciò che…»

«No. Non basta. Per favore» chiese Antonia a bassa voce. «Per favore leggetela e capirete perché non ne ho parlato con *Monseigneur.*»

Sentire la sua angoscia raffreddò considerevolmente la sua ira e non disse altro, annuì e abbassò gli occhi sulla lettera. Ma non la lesse subito. Dovette fare qualche respiro profondo prima di farsi abbastanza forza da scoprire ciò che quel disgraziato e vituperato nobiluomo aveva osato scrivere alla duchessa di Roxton.

E Salvan aveva corso un enorme rischio, perché dopo la minaccia del duca di ucciderlo, Vallentine si era aspettato che Salvan facesse la cosa giusta e mettesse fine alla propria vita. Il re lo aveva bandito dalla corte francese, relegandolo nella sua tenuta nel sud della Francia. E lì avrebbe dovuto rimanere per il resto della sua vita. Vallentine si immaginò il nobiluomo nascosto nelle ombre del suo fatiscente castello, guardandosi sempre alle spalle, aspettandosi di essere assassinato, o da uno dei moschettieri del re o da un assassino al soldo di Roxton. L'ultima cosa che si era aspettato Vallentine era che quel mostro scrivesse all'unica persona sulla terra che avrebbe di sicuro causato la fine veloce e ignobile della sua vita.

«Leggetela» insistette Antonia, schioccando le dita verso la pergamena per ottenere nuovamente l'attenzione di Vallentine. «Io faccio due passi mentre la leggete.»

Vallentine la guardò allontanarsi lungo il sentiero che attraversava un boschetto di tigli con le foglie di un ardente giallo autunnale, con la cameriera qualche passo dietro di lei. E quando Antonia si fermò per raccogliere una foglia, smise di rimuginare e tornò a guardare la stretta grafia obliqua del conte di Salvan, primo cugino del suo migliore amico, il duca di Roxton e di sua moglie, Estée.

Madame la Duchesse,

Vi scrivo non per offendervi o causarvi la minima angoscia, ma per richiedervi umilmente un favore.

È una grande presunzione e non ho il diritto di farlo. Il mero fatto di ricevere una lettera scritta di mio pugno vi ha sicuramente causato dolore. Posso solo sperare che vostra nonna, nella sua infinita saggezza vi abbia preparato a ricevere questa lettera da parte mia. E quindi, chiedo umilmente il vostro perdono e la vostra comprensione e prego che me lo concederete perché possedete il più dolce dei caratteri.

Ma basta complimenti che riterrete senz'altro insinceri e triti e che devono offendervi, venendo da qualcuno che giudicate essere la creatura più malvagia che Dio ha messo sulla terra.

Potete credermi o no quando dico che il povero Salvan ha passato ogni ora di ogni giorno del suo esilio rimpiangendo le sue azioni odiose nei vostri confronti. Non lo dico per ottenere il vostro perdono o ricevere clemenza dal vostro nobile marito. So che mio cugino non arriverà mai a pensare che io possa essere pentito, e che non mi offrirà mai un briciolo di pietà. È come dev'essere. Se deciderete di mostrargli questa lettera o menzionare il fatto che ho comunicato con voi, so che ci sarà una visita, sua o di uno dei suoi agenti, e il mio tempo su questa terra finirà sulla punta di una lama nel futuro più prossimo.

Quindi perché il povero Salvan vi sta scrivendo, a rischio di perdere ciò che resta della sua miserabile vita?

Perché desidero salvare un altro dal fato che ho sofferto per mano del vostro nobile marito.

Dovete sapere, come sa il resto del mondo, che il destino e il futuro della mia famiglia è nelle mani di Monsieur le Duc de Roxton. Se il mio nome vivrà dopo di me. Se noi Salvan prospereremo o cadremo. Se mai ritorneremo a corte o saremo mai ancora in grado di fare un buon matrimonio. E tutto è alla mercè di mio cugino. È lui che Sa Majesté ascolta ed è a lui che tutti gli altri guardano per capire come comportarsi con ogni membro della famiglia Salvan.

Che io sia vilipeso è una giusta punizione per i miei peccati. Ma il povero Salvan vi chiede, no, vi implora di considerare il resto della sua famiglia, che non ha avuto alcun ruolo nei suoi ridicoli piani, nemmeno il suo triste figlio che non era sano di mente, dovrebbe soffrire il fato inglorioso del povero Salvan e tutto per via del loro legame di sangue. Il nome Salvan ora è sinonimo di tradimento della peggior specie, e l'unico da biasimare sono io.

Non credo per un momento che vogliate che la famiglia del povero Salvan soffra, che resti per l'eternità emarginata social-

mente. Faccio questa supposizione perché ho sempre saputo che in voi non c'è cattiveria. E come faccio a saperlo? Perché c'è sangue cattivo, malvagio, in me e nella mia patetica progenie. L'oscurità riesce a vedere la luce, anche quando la luce non è capace di comprendere l'oscurità.

Voi avete un'anima incontaminata e un cuore amorevole e avete elargito a mio cugino, Monsieur le Duc de Roxton, il dono della salvezza. Spero, contro ogni speranza, che troverete nel vostro cuore il desiderio di essere la salvezza anche della mia famiglia…

VALLENTINE SMISE di leggere e alzò gli occhi dalla pagina, con la bocca secca come se avesse mangiato una manciata di cenere. Era tale il suo disgusto per il conte e la sua incredulità sulla sincerità delle sue parole che se non fosse stato per il desiderio di Antonia che leggesse tutta la lettera, l'avrebbe appallottolata e gettata oltre il muro del giardino. Non lo fece e con un grugnito di impazienza, voltò la pergamena per leggere la seconda pagina del fitto scritto. Prima di continuare cercò Antonia e la trovò ferma a metà strada verso il boschetto di tigli.

Un paio di operai stava rastrellando le foglie e aggiungendole alla pila di seccume che bruciava, con le volute di fumo grigiastro che salivano nel cielo senza nuvole. Antonia stava conversando con uno di quegli operai che si era tolto il berretto e stava gesticolando e indicando qualcosa oltre il campo visivo di Vallentine. Senza dubbio l'uomo le stava spiegando qualcosa. Antonia era sempre così curiosa ed entusiasta di tutto. Fece sorridere sua signoria in modo indulgente, poi il sorriso svanì e il sapore delle cenere sulla lingua tornò quando continuò a leggere, rileggendo l'ultima frase della prima pagina prima di continuare.

… Spero, contro ogni speranza, che troverete nel vostro cuore il desiderio di essere la salvezza anche della mia famiglia.

Perché sicuramente come il sole sorge ogni mattina, non c'è nessuno su questa terra che può appellarsi al lato buono di Monsieur le Duc de Roxton meglio di voi, lui che non può essere influenzato da altri può essere influenzato da voi. Lui che non ha mai amato un'altra, vi ama oltre ogni ragione. Voi avete il potere, se ne avrete la volontà, ti persuaderlo a mostrare pietà per la mia famiglia. Solo voi potete salvare i Salvan da secoli di ignominia e rovina.

Come potete riuscirci? Aprendo il vostro cuore e la vostra casa a un giovane uomo innocente che è all'inizio del percorso della sua vita. Una piccola gentilezza da parte vostre è tutto ciò che chiedo, no, <u>imploro</u>. Persuadete Monsieur le Duc di degnarsi di riconoscere l'esistenza del giovane nel più piccolo dei modi, un cenno della testa, una parola o uno sguardo di approvazione in compagnia, e la società poi lo accoglierà, sicura che mentre Monsieur le Duc de Roxton eviterà il povero Salvan per l'eternità, non lo farà con questo giovane anch'egli un Salvan.

E quindi il povero Salvan vi raccomanda il nipote del suo defunto zio, Hubert Gabriel Louis Hyacinth Salvan Montbelliard, il cavaliere Montbelliard.

Il ragazzo ha avuto la grande sfortuna di essere il mio erede dopo la morte del mio povero figlio (possa la sua anima tormentata riposare in pace) e erediterà tutti i miei beni terreni, insieme all'antico titolo di famiglia e le terre, quando la mia miserabile carcassa finalmente esalerà l'ultimo respiro. È anche destinato a ereditare la mia vergogna e la mia sventura.

Se non riceverà la gentilezza di un pubblico riconoscimento da parte di mio cugino, allora, lui, Montbelliard sarà obbligato a passare la sua vita in esilio, lontano dalla buona società, lontano dalla possibilità di un impiego al servizio di Sa Majesté e rifiu-

tato come marito da tutte le buone famiglie. È il destino che lo aspetta quando diventerà il conte di Salvan, se non interverrete a suo favore con mio cugino.

È un bravo ragazzo, un figlio devoto per la sua madre vedova, e un fratello protettivo nei confronti delle sue quattro sorelle. Ha un carattere e un temperamento eccellenti. Ha la più alta integrità ed è, in realtà, diverso da qualunque Salvan sia venuto prima di lui, che è una grande fortuna. Riabiliterà il nome Salvan, se ne avrà l'opportunità. Ma non dovete accettare la mia parola. Vi chiedo, no vi imploro, di decidere per conto vostro concedendogli un'udienza, in modo da poterlo giudicare da sola.

Il suo destino e il suo futuro e il futuro del nome Salvan sono nelle vostre mani, Madame la Duchesse de Roxton.

Il povero Salvan vi supplica prostrato ai vostri piedi, con la faccia nel fango, disposto a fare tutto ciò che sarà necessario perché voi facciate questa gentilezza, non per lui, ma per il cavaliere Montbelliard.

Mi firmerei il vostro più devoto servitore, ma so che queste parole per voi sono senza senso quando si tratta di me. Invece vi ringrazio per il tempo che mi avete dedicato, per la vostra compassione e la vostra bontà per aver accettato e letto questa lettera del povero Salvan.

Jean-Honoré Gabriel
Conte di Salvan
Château d'Ambert.
Limoges

OTTO

C ON LA LETTERA penzoloni dalle dita, lord Vallentine raggiunse Antonia nel boschetto di tigli. Gli operai erano tornati a rastrellare le foglie cadute e le aggiungevano alla pila fumante.

«L'avete letta tutta?» gli chiese Antonia consegnando il manicotto di pelliccia alla sua donna.

«Sì, entrambe le orribili pagine. Non è mai stato tipo da arrivare al punto, eh? Non ho idea di che cosa avete intenzione di fare, però» si scusò lord Vallentine, restituendole la lettera. «O come farete a nasconderla a Roxton. Se è quella la vostra intenzione. Non ci riuscirete, lo sapete. A nasconderla. Ehi! Che-che cosa state facendo?»

«La brucio» rispose con calma Antonia dopo aver gettato la pergamena ripiegata sulle foglie che bruciavano. «L'ho letta e anche voi. E siamo gli unici, tranne *grand-mère*, che, ne sono sicura, non me l'ha inviata senza prima leggerla, che hanno bisogno di leggerla. *Monseigneur* non ne ha bisogno. Lo farebbe solo agitare…»

«Ah. Un eufemismo! E non tanto per la prosa fiorita e patetica, ma per l'audacia di scrivervi e di turbarvi di quel vile sicofante».

«Non sono sconvolta. Lo sono stata. Ma non più» rispose

Antonia con lo sguardo fisso sulla lettera che diventava cenere. Quando la pergamena si avvoltolò, Antonia sospirò piano e si voltò a guardare Vallentine con un sorriso. «Io penso al presente e al futuro, non al passato. Ciò che è successo tanti mesi fa con Etienne e Salvan è stato veramente orribile e a quel tempo mi ha sconvolta e rattristata. Ma me lo sono messo alle spalle. Ciò che conta è che sono sposata con *Monseigneur* e che ci amiamo con tutto il cuore e che abbiamo un figlio che entrambi amiamo teneramente. Sono loro il mio futuro e mi rendono felice.»

«È un modo maturo di guardare alla vita» rifletté Vallentine, sorpreso. «Avete una saggezza che trascende i vostri anni. Mi fa sentire infantile. A volte dimentico che siete una ragazzina.»

«Vallentine! No! La maturità non ha niente a che vedere con l'età» dichiarò imperiosamente Antonia. «E, Vallentine, vi sbagliate. Non sono una ragazzina. Sono una moglie e una madre e sono *Madame la Duchesse de Roxton*.»

«Perdonatemi, *Madame la Duchesse*.» Lord Vallentine fece un elegante inchino, con un po' di colore sulle guance. «Sì, lo siete. E non intendevo offendervi…»

«No! No! Non inchinatevi a me. Mi dispiace» si scusò in fretta Antonia e afferrandogli il braccio per restare in equilibrio, si alzò in punta di piedi per dargli velocemente un bacio sulla guancia. «Non c'è niente di malevolo in voi. Sono io. Sto facendo del mio meglio, ma ho ancora tanto da imparare. E so che *Madame*, anche se ha accettato il fatto che ora sono io responsabile per la casa di *Monsieur le Duc*, mi ritiene incapace di gestire tutto con sua soddisfazione e come pensa che dovrebbe essere gestito per una persona importante come suo fratello.»

«Estée è semplicemente gelosa» ammise sinceramente Vallentine. «Finché non siete entrata nella vita di Roxton, lei era l'unica donna con cui lui avesse diviso una casa. E» aggiunse con un sorriso imbarazzato e colpevole, «i lacchè di Roxton servono Estée perché è sua sorella. Ma voi, aah! Vi servono perché lo vogliono, che il padrone sia o meno *Monsieur le Duc de Roxton*! Farebbero qualunque cosa per voi e lo sapete, vero?»

Antonia gli restituì un sorriso colpevole e arrossì. «Quello che state dicendo è ciò che pensavo, ma sentirvelo dire mi fa sentire meglio. Grazie.»

Vallentine le toccò leggermente la punta del nasino con il dito guantato e poi toccò la punta del proprio. «Resta tra noi.»

Antonia annuì con un sorriso. «Resta tra noi.»

Un forte scoppio dalla pila dagli scarti del giardino li distrasse per un momento. Era una pigna che bruciava, così assicurarono loro i giardinieri. La distrazione riportò Antonia alla questione in ballo. Riprese il manicotto dalla cameriera, prese a braccetto suo cognato e si allontanarono dal fuoco, passeggiando lungo un sentiero che portava al cancello nell'alto muro che circondava il giardino e si apriva sul parco reale.

«Vallentine, devo dirvi che non penso che *Monseigneur* si sia messo alle spalle quel terribile incidente» confessò Antonia con una smorfia. «Una volta mi ha detto… C'era stato un momento, quando Etienne era sopra di me con il coltello e il mio vestito era coperto di sangue, in cui aveva pensato di aver perso me e il nostro bambino. Non riusciva a respirare, aveva provato una stretta al petto, un dolore, dice, che dev'essere come quando il cuore smette di battere.» Alzò gli occhi su Vallentine, che guardava fisso davanti a sé, con le labbra strette. «Penso che lo abbia veramente spaventato, arrivare così vicino a perderci, che il suo cuore abbia smesso di battere abbastanza a lungo da causargli dolore. E lui non ha paura di nient'altro, vero?!»

«No, non ha paura di nient'altro.»

«Ma con me e Julian…» Antonia alzò nuovamente gli occhi e Vallentine continuò a fissare davanti a sé, con una smorfia sul viso. «Noi… Noi siamo la sua debolezza, *oui*? E lui non aveva mai pensato che avrebbe avuto questa debolezza.»

«No.»

«E poi la morte di Gray… Il modo orrendo in cui Etienne, lui-lui…»

«Non avete bisogno di dirlo. Lo ricordo» disse dolcemente Vallentine. «Roxton era... È affezionato ai suoi cani. Lo è sempre stato. Ciò che è successo a Gray non è una cosa che si dimentica facilmente.»

Antonia gli tirò il braccio perché la guardasse e fissò gli occhi azzurri.

«Vallentine, non dovete ripetere niente di tutto ciò a lui o a chiunque altro. Nemmeno a *Madame*. Non ho segreti per lui, ma questo... Non ha bisogno di sapere che ne abbiamo mai parlato. Promettetemelo.»

Vallentine annuì e disse, senza la solita nonchalance: «Sul mio onore». Strinse le spalle contro il freddo. «Se volete la mia opinione...»

«Certo.»

«Non perdonerà mai Salvan» disse semplicemente, «né accetterà mai il piano patetico e francamente grottesco di quel mostro per far accettare dalla buona società questo Hubert come-si-chiama. Potete fare tutto quello che potete per perorare la causa del ragazzo, se è così che volete procedere, e conoscendo la vostra infinita capacità di perdono sono sicuro che è quello che volete fare. E riuscirete a far intenerire Roxton come solo voi potete fare, ma... accidenti, non arretrerà di un centimetro, nemmeno per voi, la luce dei suoi occhi. Roxton non darà mai a Salvan la soddisfazione di sapere che il futuro della sua dinastia è al sicuro con questo cavaliere come-si-chiama, se veramente è chi Salvan dichiara essere...»

«Ma, Vallentine, Salvan, *lui*, non sta mentendo su Hubert Montbelliard. È il suo erede.»

«E il figlio pazzo rinchiuso a Bicêtre? Non state dimenticando d'Ambert?»

Antonia si fermò e si voltò a guardare Vallentine, con la schiena rivolta all'alto muro del giardino. Alzò il piccolo mento con un sorrisino complice.

«Etienne è morto, Vallentine. Voi lo sapete, *Madame* lo sa e anche *Monsieur le Duc*. L'unica persona che tutti pensate che non lo sappia sono io! Ma io lo so sin da quando è successo e hanno informato *Monsieur le Duc*. Il povero Etienne è morto durante il viaggio di ritorno in Francia, annegato durante la traversata della Manica.»

Vallentine non tentò di negarlo. «Come l'avete scoperto... No! Lasciatemi indovinare. Ve l'ha detto la vecchia nonna Vipera.»

«È così. E che non era stato buttato fuori bordo su ordine di Salvan. L'avevano confermato i moschettieri che, su ordine di *Monseigneur*, erano di guardia contro questa eventualità. Me l'ha detto *grand-mère* ed era stato Salvan a riferirglielo, che Etienne aveva avuto un momento di lucidità mentre attraversarono la Manica. Che si era di colpo reso conto della vera sordida natura della sua vita. L'orrore di aver ucciso il più devoto compagno a quattro zampe di *Monseigneur* e il suo tentativo di uccidere me furono troppo. Saltò fuoribordo e annegò, dato che non sapeva nuotare.»

«Provate pietà per lui, dopo tutto quello che aveva tentato di fare...»

«Quel mostro non era Etienne. Ovviamente provo pietà per il ragazzo che conoscevo. Non sono contenta che sia annegato, ma sono lieta che ora sia in pace. Una cosa che gli sarebbe stata negata se fosse rimasto in vita e rinchiuso in un manicomio.»

Vallentine abbassò il mento. «Ovviamente vi rendete conto che sarebbe rimasto in catene a Bicêtre per ordine di Roxton?»

Antonia sembrò offesa. «Pensate che non sia d'accordo con *Monsieur le Duc*? Assolutamente no! L'intenzione di Renard era di rinchiudere un mostro per tenere al sicuro me e il nostro bambino. Il ragazzo che è annegato non era quel mostro. Ma significa che con la morte di Etienne è morto anche il mostro. *Enfin.*»

«*Aye*. È così. E anche se il figlio adesso può riposare in pace con il suo mostro in fondo al mare, non significa che a Salvan si debba dare un qualche tipo di tregua. Salvan ha reso malvagio suo figlio dandogli gli oppiacei. Ma nessuno ha reso malvagio Salvan, lo è, semplicemente. E se me lo chiedete, è fortunato a essere vivo! L'esilio è troppo lieve per lui. In questo sono d'accordo con Estée. Roxton avrebbe dovuto infilzarlo allora e mettere fine alla sua miserabile esistenza.»

Antonia fu sorpresa. «Ma allora avevate detto che la morte era troppo lieve per lui. L'esilio nella sua tenuta era preferibile, perché avrebbe dovuto vivere con quello che aveva fatto per tutto il resto della sua vita. Eppure adesso pensate che *Monseigneur* avrebbe dovuto ucciderlo sul posto?»

«Sì.»

Antonia ci pensò un momento e poi scosse la testa.

«No, non posso essere d'accordo con voi o *Madame*. Se Salvan fosse morto sulla punta della spada di *Monsieur le Duc* nel nostro appartamento a Treat, quella macchia sarebbe rimasta sulle nostre vite qui. Non ci avete pensato? Ovviamente no, ma sono sicurissima che *Monseigneur* ci aveva pensato.»

Vallentine fece un respiro profondo e annuì. «*Aye*, capisco quello che intendete.»

«Pensate che quando i nostri amici e parenti vengono a visitarci vogliano ricordare che il loro ospite ha ucciso suo cugino, un cugino che aveva orchestrato un attacco a me? Pensate che vogliamo vivere con quel ricordo? No! È già abbastanza triste che dobbiamo vivere con il ricordo della morte orribile di Gray. Ma abbiamo ancora Tan e quando lui e la sua nuova compagna saranno insieme al loro padrone, un po' della tristezza di *Monseigneur* sparirà. No, Vallentine. Treat dev'essere un posto felice, un posto dove portare i nostri figli, dove gli amici e la famiglia verranno a stare e a divertirsi. Ecco quello che dovrà essere Treat per il quinto duca e la sua duchessa. Sono decisa, sarà così.»

Quando Vallentine la fissò, incredulo, con una mano sulla bocca. Antonia si acciglió, pensando che intendesse in qualche modo ribattere ed era pronta a discutere con lui.

Ma ciò che Vallentine stava pensando era qualcosa di completamente diverso. Stava ricordando ciò che gli aveva detto il suo amico la sera prima su che cosa avevano combinato a diciannove anni e la loro mancanza di esperienza di vita a confronto della posizione e della responsabilità che ora pesavano sulle spalle dell'incantevole bellezza davanti a lui. Non riusciva a immaginare se stesso o Roxton, alla stessa età, avere idee così progressiste e l'idea di una famiglia era lontana come la luna.

Quanto a Treat, la sede ducale, l'idea di trasformare quel freddo edificio di marmo di proporzioni monumentali, costruito apposta per la gloria e il ricordo eterno del ducato di Roxton, in qualcosa che somigliasse a una casa felice era così affascinante nella sua semplicità che fece emettere a Vallentine un urlo di gioia. E incapace di contenersi, alzò le braccia e piroettò sul posto.

«Urrà per i giorni felici nella vostra casa felice, *Madame la Duchesse*!» esclamò e afferrandola per i gomiti, dato che Antonia aveva le mani affondate nel manicotto, danzò in giro con lei. «Finalmente Treat sarà un incanto, e tutto grazie a voi.»

Sorpresa, Antonia fu lenta a reagire, ma la felicità di Vallentine era contagiosa e presto si mise a ridere e sorridere anche lei, danzando con lui.

La cameriera di Antonia fece più di una volta un passo avanti, allarmata da un simile comportamento bizzarro, chiedendosi se sarebbe dovuta intervenire ed estrarre la sua padrona dalle grinfie dell'eccentrico lord Vallentine. Ma alla fine il capogiro prevalse e la coppia barcollò verso la più vicina panchina di pietra e Vallentine, una volta fatta sedere Antonia, crollò accanto a lei.

Dopo un momento per riprendere fiato, sua signoria disse, in tono di scusa: «Perdonate la mia eccesiva esuberanza, ma sono troppo contento di sentire che trasformerete quel cupo palazzo della disperazione in un posto pieno di gioia per voi e Roxton e il resto di noi».

«Cupo palazzo della disperazione?» ripeté Antonia e poi fece un sorrisino. «Osate chiamare l'Hôtel di *Monseigneur* un mucchio di vecchi mattoni e adesso chiamate la sua dimora di campagna un cupo palazzo della disperazione? Mi meraviglia che sopportiate di venirci a trovare per mesi e mesi in un posto così cupo!»

«Non è cupo adesso che voi lo dividete con lui» dichiarò Vallentine. «Avete fatto sparire tutti i vecchi spettri che infestavano i corridoi. E non c'è nessuno più spettrale del nonno di Roxton. Orrendo despota! Non mi meraviglia che suo figlio se ne sia andato e non sia più tornato sulle coste inglesi. E quanto a ciò che il quarto duca ha fatto quando ha messo le mani su Roxton da bambino. Perdiana! Mi fa rabbrividire pensarci...»

Antonia si sedette diritta. «*Quoi? Qu'est-ce qu'il a fait?*»

Vallentine scosse la testa e agitò un dito. «No, non tocca a me dirlo. Non so tutto, ma quello che so e ciò che ho visto l'unica volta in cui sono andato a trovarlo... non tocca a me ripeterlo. Dovrete chiederlo a Roxton. Accidenti! E io che speravo di sviarvi con pensieri e azioni felici e tutto ciò che sono riuscito a fare è farvi pensare a tutt'altro. E adesso non avrete pace finché non scoprirete tutto. E Roxton non mi ringrazierà sicuramente.»

«Non preoccupatevi» lo rassicurò Antonia, ficcando il manicotto in mano alla cameriera stordita. «Glielo chiederò in un modo che non vi coinvolga. Gli faccio continuamente domande ed è molto paziente con me, quindi troverò il momento giusto per inserire la domanda riguardo al suo arcigno nonno.»

Vallentine sbuffò. «*Aye.* Non ne dubito. Ma lui saprà che sono stato io a dirvelo.» Fece spallucce. «E così sia.» Prese l'orologio da taschino e notò l'ora. «Stavo pensando di fare una passeggiata attraverso la *Grande Écurie* e mostrare la faccia alla scuola di scherma. Quindi detesto tornare alla lettera che avete appena bruciato, ma non mi avete ancora dato un'indicazione precisa su che cosa avete bisogno che faccia. Ma se è il mio aiuto per fare in modo che Roxton dia una pubblica benedizione all'erede di Salvan, il cavaliere come-si-chiama, temo che non abbiate la minima speranza di...»

«Vallentine! Non capisco perché sia tanto difficile per voi ricordare il cognome del cavaliere. Specialmente visto che conoscete benissimo quell'uomo.»

Vallentine fu così stupito che si alzò dalla panca per guardarla, con l'orologio lasciato a penzolare dalla sua catena d'argento agganciata al taschino del gilè di velluto. «Cosa? *Lo conosco?* Come faccio a conoscerlo?»

Antonia spalancò gli occhi verdi con un sorrisino misterioso sulla bella bocca.

«Non credo che dovrei dirvelo qui» rispose con dolcezza scherzosa. «Lo capirete appena lo vedrete.»

Vallentine si guardò intorno in fretta, come se si aspettasse che il cavaliere Montbelliard gli stesse respirando sul collo. Non era così. Tornò a guardare Antonia che adesso era anche lei in piedi, stringendo gli occhi.

«Che cosa sta succedendo?»

Per nulla preoccupata dai suoi sospetti, Antonia lo prese a braccetto e lo tirò verso la villa. Tese nuovamente la mano verso il manicotto. «Avete ragione. Il tempo sta passando in fretta e il vostro ospite vi starà aspettando.»

«*Aye*? Adesso che cosa avete combinato, *Madame la Duchesse*?» si lamentò fiaccamente Vallentine.

Non si aspettava una risposta. Sapeva quando l'avevano superato in furbizia. Camminò in silenzio verso la villa, con Antonia al braccio che quasi saltellava di fianco a lui.

NOVE

Antonia aveva appena messo il piede sulle piastrelle bianche e nere del chiostro dell'aranciera quando un domestico arrivò correndo per tutta la sua lunghezza, zigzagando tra i grandi vasi di peri, meli e piante di limoni. Si inchinò e porse un vassoio d'argento che conteneva il biglietto da visita di un certo Hubert Gabriel Louis Hyacinth Salvan Montbelliard, il cavaliere Montbelliard. Il domestico la informò che il cavaliere era stato fatto accomodare nella stanza del mattino. E come aveva richiesto *Madame la Duchesse*, immediatamente dopo l'arrivo del cavaliere avevano provveduto a mandare in salotto una caraffa di caffè e un assortimento di dolci.

Poi, con somma sorpresa di Vallentine, Antonia si scusò. Avrebbe dovuto salutare lui, Vallentine, il cavaliere Montbelliard, senza di lei. Doveva andare a trovare suo figlio e togliersi gli stivaletti.

«Ma! Ma! Accidenti! Che cosa devo dire a quel tizio?» si lamentò lord Vallentine, mentre si toglieva il pastrano seguendola all'interno.

Il domestico andò ad aiutarlo e prese i suoi guanti. Ma quando Vallentine ci ripensò prima di togliersi la spada, il cameriere si fece da parte. E poi sua signoria restò fermo lì, indeciso. Era diviso tra fare quello che gli avevano detto e ciò che Roxton si sarebbe aspettato da lui ed essere accusato di slealtà, un traditore dell'amicizia se si fosse seduto a bere caffè e mangiare dolci con l'erede del nemico giurato di Roxton. E poi la duchessa lo prese di sorpresa, alimentando la sua curiosità e il suo imbarazzo in ugual misura tanto che dimenticò completamente il suo dilemma.

Arrivata al primo pianerottolo, Antonia si affacciò alla balaustra e guardò Vallentine che restava nel foyer, esitante.

«So quello che mi direte senza avere bisogno di sentirvelo dire. Quello che dite sempre. Più tardi mi direte se mi sono sbagliata.» Sparì dalla sua vista prima che Vallentine potesse commentare, ma un momento dopo, e qualche gradino più su, sporse di nuovo la testa e lo chiamò: «Vallentine! Non toccate le *Nougat de Montélimar. Madame* dice che vi gonfia la pancia. *À bientôt!*»

«Per amore di tutto ciò che è sacro» borbottò Vallentine, passandosi la mano sul volto in fiamme e voltando sui tacchi.

Alzò gli occhi e colse il domestico, carico del suo pastrano e guanti, e uno dei suoi colleghi accanto alla porta, che cercavano di fare del loro meglio per non scoppiare a ridere, cosa che riusciva solo a far diventare le loro facce rosso pomodoro e le spalle che si scuotevano silenziosamente. Fece un passo verso di loro, con la mano sull'elsa della spada e ringhiò. I due fecero immediatamente un passo indietro, con gli occhi sgranati e i volti sbiancati. Sua signoria se ne andò con calma, sentendosi meglio.

Fu solo quanto un cameriere lo fece entrare nella stanza del mattino che ricordò il suo dilemma iniziale, essere diviso tra assecondare i piani di Antonia ed essere sleale nei confronti del suo migliore amico accettando di vedere l'erede del conte di Salvan. Ma era troppo tardi. Era nella stanza e ora doveva andare fino in fondo con le presentazioni.

«*Monsieur* Vallentine! Come sono lieto di vedervi di nuovo così presto!»

Vallentine si voltò sentendo una voce familiare, sollevato. Verso di lui stava venendo un giovanotto di bell'aspetto, piccolo di statura, con una testa piena di stretti riccioli neri, occhi scuri espressivi e un sorriso amichevole.

«Cugino Hugh? Che bella sorpresa» esclamò Vallentine e quando il giovane, dopo un rispettoso inchino, gli tese la mano, gliela strinse. «Che cosa ci fate in questo villaggio? L'ultima volta in cui ci siamo parlati stavate dicendo a *Madame* e a me che sareste tornato nelle province, e a quel lavoro di tutore dei, ah, non ditemelo, i tre figli di *Monsieur* de Chesnay. Scherma e portamento… Mi sbaglio?»

Il giovanotto sorrise, mostrando denti bianchi perfetti. «No, Sir. Avete ragione. Barnabé, Benoîte e Blaise.»

Vallentine scosse la testa sbuffando. «Poveri ragazzi. Spero che abbiano talento per la scherma perché ne avranno bisogno.»

«Sto facendo del mio meglio per fornire loro questa capacità, Sir» rispose il giovane e seguì Vallentine attraverso la stanza verso un gruppo di comode poltrone e divani davanti al camino.

Un cameriere aveva portato il carrello con una caffettiera, tazze e piatti di porcellana e un ricco assortimento di prelibatezze piacevoli da guardare oltre che succulente.

Vallentine si rese conto di colpo di essere affamato. Ma vedendo il torrone di mandorle di Montélimar, aggrottò la fronte ed esitò a riempire il piatto. Invece si versò una tazza di caffè e invitò il suo ospite a servirsi e ad accomodarsi in una delle poltrone *bergère*.

«Il minore, Blaise, è quello più promettente» continuò il giovane appoggiando la tazza di caffè e il piatto con due piccoli dolci alla crema e un pezzo del *Nougat de Montélimar* sul tavolo accanto alla poltrona. Poi scostò le falde della giacca di lana blu con grandi risvolti e i bottoni d'argento per appollaiarsi sul bordo di un comodo cuscino, con una gamba tesa in avanti e il piede girato per ancorarsi.

«Bene. Avrà bisogno di mantenere la promessa» rispose Vallentine, impressionato dall'eleganza del portamento e con un occhio avido sul torrone sul suo piatto. Sorseggiò il caffè. «Di solito avrei aspettato la nostra ospite prima di precipitarmi sul carrello. Ma mi sono reso conto che quando c'è di mezzo un bebè non si può prevedere né il quando né il come.»

«Temo che sia la verità, Sir. Due delle mie sorelle hanno figli, quindi so quanto possono essere imprevedibili.»

«Sono sicuro che siano madri devote. E senza il fardello di allevare un prezioso pargolo ducale, scommetto!»

Il giovane scosse la testa, serio. «Sono mogli di gentiluomini di provincia, ma non dubito che, sia che si tratti di provinciali o figli di un duca, tutti i bambini sono preziosi per i loro genitori, no?»

«Sì! Sì! Certo» disse in tono tempestoso Vallentine, di colpo a disagio per aver parlato in modo così franco a un giovane che aveva incontrato solo due volte, una nel salotto di sua moglie e la seconda in una rinomata accademia di scherma in città, dove lo aveva aiutato con un certo numero di mosse tecniche di scherma.

«Spero che *Madame la Duchesse* trovi il tempo di fare la mia conoscenza» dichiarò in tono tranquillo il giovane, nel silenzio che si protraeva. «Nelle occasioni in cui ho fatto visita a *Madame* Vallentine, *Madame la Duchesse de Roxton* non era in casa… forse oggi sarà diverso…?»

Quando Vallentine rimase in silenzio, il giovane riportò l'attenzione all'assortimento di dolci sul proprio piatto e bevve il caffè.

«Siete da solo qui?» chiese di colpo sua signoria, con una profonda ruga tra le sopracciglia.

«Scusate, Sir?»

«Hanno ammesso qualcuno in questa stanza prima che entrassi io?»

«No, Sir.»

Il cipiglio di Vallentine si approfondì. «Perché siete qui, cugino Hugh?»

«Per fare la conoscenza di *Madame la Duchesse* e perché voi mi avete invitato, Sir.»

«Vi ho invitato… cosa?» Vallentine si mise seduto diritto e appoggiò il caffè. «Io vi ho invitato? Quando e chi l'ha detto? Perdonatemi se vi ho sorpreso, ma sono alquanto sorpreso anch'io!»

Il giovane appoggiò anche il proprio caffè e il piatto, sul quale c'era un pezzo intatto di torrone di mandorle. «Mia cugina, la vostra signora moglie, ha mandato un biglietto con l'invito nei miei alloggi.»

«Davvero? Che cosa diceva questo invito?»

«Mi invitava a incontrarvi qui, oggi e a quest'ora...»

«Perché?»

«Vi siete offerto di accompagnarmi alla *Grande Écurie.*»

«Perché lo avrei fatto?»

Il giovane rimase confuso. «Perdonatemi, Sir, ma quando ci siamo parlati l'ultima volta, vi avevo parlato del mio desiderio di ottenere un impiego alla scuola di scherma all'interno della *Grande Écurie.* Poi, in un'altra occasione, quando ho fatto visita a *Madame* e voi non c'eravate, le ho riferito che avevo consegnato alle persone incaricate della *Grande Écurie* la domanda con le mie credenziali e parecchie lettere di raccomandazione, una dal marchese di Chesnay...»

«E mia moglie vi ha assicurato che io avrei messo una buona parola per voi?»

Quando il giovane annuì, speranzoso, Vallentine schioccò la lingua e restituì il cenno della testa con un debole sorriso. Capiva quando era stato battuto e quando non aveva senso cercare di combattere la *force majeure* di sua moglie combinata con quella della cognata. E ora non era ignaro come quando era entrato nella stanza. I suoi ricordi e i pezzi del rompicapo stavano andando nitidamente al loro posto.

«Molto bene, allora» aggiunse mentre si alzava dalla poltrona. «Sarà meglio che io mantenga la sua parola.»

E mentre si alzava, si chinò e prese il pezzo di *Nougat de Montélimar* che era rimasto sul piatto del giovane e se lo mise in bocca con immensa soddisfazione. Proprio mentre lo faceva, un domestico aprì la porta per far entrare una delle donne della duchessa. Andò direttamente da lui e fece una riverenza.

«Non ditemi» disse tranquillo Vallentine, con un dito in bocca per sloggiare da un molare un pezzetto appiccicoso del torrone di mandorle. «*Madame la Duchesse* è ineluttabilmente trattenuta e non si unirà a noi?»

«Sì, milord, la sua piccola signoria non si acquieta e quindi *Madame la Duchesse* invia le sue scuse.»

«Probabilmente è per il meglio» dichiarò rassegnato Vallentine. Sorrise appena al giovane e poi fissò direttamente la cameriera di Antonia. «Avrà meno da spiegare a *Monsieur le Duc*. Quanto a me… Beh! Resta da vedere. Potete riferire alla duchessa che il nostro ospite e io siamo andati alla *Grande Écurie*, come previsto. Spero di tornare in tempo per la cena. Cioè, *se* mi permetteranno di entrare in casa quando il duca saprà di questa… di questo… di qualunque sia questa *cosa*. Andate!»

Andò al carrello del tè, prese un pezzo di torrone alle mandorle e lo mise nella tasca del gilè, poi indicò al giovanotto di seguirlo fuori dalla stanza. Nel vasto foyer, chiese il pastrano e i guanti.

«Avete lasciato la spada al portiere, vero?»

«Sì, Sir. Ho portato tre lame con me» rispose il giovane. «Pensavo che avrei potuto averne bisogno alla *Grande Écurie*, se mi chiederanno di dimostrare la mia maestria.»

«Saggio. E se il vostro polso e il lavoro di gambe sono buoni almeno la metà del giorno in cui abbiamo incrociato le spade, allora la scuola di scherma della *Grande Écurie* dovrebbe esser folle a non ammettervi.»

Il giovane apparve di colpo ritroso. «Non intendo mancarvi di rispetto, Sir, ma perfino voi pur essendo un nobile inglese sapete che c'è di più della mia abilità da schermidore per decidere la mia ammissione. Voi siete considerato il miglior spadaccino da entrambi i lati della Manica eppure, non siete un membro della *Grande Écurie de Sa Majesté*.»

«Non sono francese.»

«Non lo è nemmeno *Monsieur le Duc de Roxton*, eppure ne è membro, e *Monsieur* de Chesnay dice che *Monsieur le Duc* è anche uno dei *Secret du Roi*…»

La menzione della selettiva e clandestina consorteria diplomatica del re, un segreto di pulcinella tra i bene informati ma decisamente non un argomento di cui si parlava in pubblico, fece sì che Vallentine interrompesse bruscamente il giovane.

«Fermo lì» disse a denti stretti. Ora con indosso il pastrano e i guanti, si avvicinò al suo ospite e disse a voce bassa, in modo che sentisse solo lui. «Non vi ha mai detto nessuno che non è saggio dire a voce alta ciò di cui non si parla che dietro le porte chiuse? Inoltre, siete irrispettoso, e oltretutto nella casa del nobiluomo.» Fissò gli occhi scuri che divennero di colpo sorpresi e cauti. «Sono una persona amabile la maggior parte del tempo, ma dimenticate le buone maniere e la mia amabilità finisce fuori dalla finestra. Mi avete capito?»

«Sì, Sir. Mi scuso, Sir. Intendevo solo dire…»

«Non mi interessa che cosa intendevate. E non interesserà nemmeno a *Monsieur le Duc*. E sono sicurissimo che conoscete la sua reputazione e ciò di cui è capace. Quindi non c'è bisogno che lo dica, ma lo dirò comunque: quando si tratta del suo onore e della sua famiglia, non gli importa che cosa gli costi. Capite che cosa intendo?» Quando il giovane annuì, Vallentine aggiunse cupo: «Allora ci capiamo. E potete riferirlo a de Chesnay: deve smettere di pronunciare il nome di *Monsieur le Duc*, in ogni situazione, altrimenti mi sentirà. Capito?»

«Sì, Sir. Perfettamente.»

«E sarà meglio che capiate anche un'altra cosa prima che usciamo, in modo da non avere false aspettative. Qualunque cosa speraste di ottenere, le vostre visite a mia moglie, o il vostro sodalizio con me non influiranno sul risultato del vostro tentativo di ottenere il favore di *Madame la Duchesse de Roxton* e tramite suo di *Monsieur le Duc de Roxton*. Purché lo capiate, sono perfettamente d'accordo di farvi da mentore. Posso non essere un membro della *Grande Écurie*, ma scommetterei il mio primogenito che ognuno dei suoi membri ha la massima stima di me e della mia parola.»

«Sì, Sir. È così. Io per primo. Ma anche tutti! E non dirò un'altra parola su *Monsieur le Duc*. Vi do la mia parola.»

«Allora sarà un pomeriggio piacevole.»

«Sì, Sir. Lo spero, Sir. Incrociare la lama con voi, imparare da voi è stata una delle gioie più grandi della mia breve vita.»

«Ecco così si fa! Mantenetevi amichevole e parlate solo di scherma e andremo perfettamente d'accordo» dichiarò Vallentine, con la mano stretta un po' troppo forte sulla sua spalla tanto che il giovane si abbassò sotto la pressione.

E quando uscirono di casa al sole invernale dell'*avenue* tutto il poco caratteristico gelo nelle maniere di Vallentine evaporò, tanto che fu in grado di dire senza rancore al giovane: «Non so di chi sia stata l'idea di presentarvi come cugino Hugh, se di mia moglie o di quell'insetto frignante, vostro cugino di cui non diremo il nome, ma vi devo dare credito per la vostra sincerità ed esservi presentato qui offrendo il vostro biglietto da visita. Ma se per voi è lo stesso, adesso lascerò perdere il cugino Hugh e vi chiamerò Montbelliard, vi si adatta di più. *Allons-y!*»

QUANDO VALLENTINE TORNÒ alla villa era passata da un pezzo l'ora di cena e quindi immaginò che i suoi ospiti si fossero ritirati per la notte. Per lui andava bene così. Alla fine aveva passato l'intera giornata alla *Grande Écurie*, dov'era stato accolto in pompa magna. E appena gli insegnanti si erano resi conto di chi c'era tra di loro, avevano sospeso le classi regolari e gli studenti si erano volentieri radunati nell'arena per guardare e imparare da un maestro nell'arte della scherma.

Non c'era nessuno migliore di Vallentine nell'uso di una lama. La sua postura, il gioco di gambe, il suo modo di attaccare e parare non erano secondi a nessuno. E la sua esecuzione del contrattacco dopo una parata fu accolta con stupore da alcuni e applausi da tutti. Studenti entusiasti si offrirono volontari per fare da avversari a sua signoria nelle dimostrazioni. Parecchi studenti che si consideravano esperti, e uomini molto più giovani, in grado di superare sua signoria nel fisico, se non nell'abilità, furono liquidati in fretta. Furono battuti in astuzia dal posizionamento strategico della punta della lama di Vallentine o furono costretti a un movimento costante dai continui affondi e parate di sua signoria, finché si arresero, esausti.

Alla fine di questa dimostrazione pubblica, Vallentine accettò di mettere alla prova i giovani allievi più promettenti della *Grande Écurie*. E, ligio alla parola data, incluse il cavaliere Montbelliard in tutte le sue discussioni e dimostrazioni, mettendo in mostra il giovane quando lo riteneva opportuno, in modo che attirasse l'attenzione dei maestri della scuola e degli studenti più influenti. Il cavaliere aveva reso fiero il suo mentore dimostrando di essere un eccellente schermidore. Rimediava a ciò che gli mancava in statura e profondità di affondo, con l'astuta abilità con la spada e il posizionamento strategico della sua punta. I maestri furono così impressionati che quando arrivò l'ora della cena, non solo sua signoria, ma anche il suo protetto furono invitati e accettarono grati.

Nel complesso, Vallentine aveva passato una giornata molto piacevole. Era riuscito ad allenarsi per qualche ora tra i suoi pari e aveva mantenuto la promessa fatta al cavaliere Montbelliard portandolo all'attenzione dei maestri di scherma della *Grande Écurie*. Non poteva fare di più per il giovanotto e tutto ciò che aveva fatto avrebbe dovuto bastare per soddisfare sua moglie e, forse, non metterlo in disgrazia con il suo migliore amico.

Stava per infilarsi sotto le coperte quando notò il vassoio d'argento sul copriletto accanto al suo cuscino. Ovviamente era stato messo lì in modo che non potesse non notarlo. Sul vassoio c'era un cartoncino rettangolare. Scritte con una grafia che conosceva bene quanto la propria c'erano nove parole: *Alle otto, nel cortile della scuderia. Porta la spada.*

Non c'era niente di strano. Lui e Roxton si allenavano regolarmente al mattino presto. Fu solo quando voltò il biglietto che si sentì immediatamente la gola stretta e un buco nello stomaco. Roxton aveva scritto sul retro del biglietto da visita del cavaliere. Vallentine non dubitava che l'avesse fatto deliberatamente; il duca sapeva della visita del giovane alla villa, e se lo sapeva, sapeva anche tutto il resto.

Era un bene che la giornata avesse lasciato Vallentine esausto, altrimenti si sarebbe girato e rigirato nel letto per tutta la notte. Invece si addormentò profondamente, un sonno punteggiato di sogni che non avevano senso, ma che lo lasciarono con un presentimento.

DIECI

V ALLENTINE SI ERA sbagliato pensando che, solo perché era tornato quando faceva buio ed era stato salutato dal portiere di notte nella luce soffusa del foyer, i suoi ospiti si fossero ritirati per la notte. Era ben lontano dalla verità. Mentre sul resto della villa era sceso un silenzio inquietante e le candele venivano spente nelle stanze non in uso, la luce e le risate dietro le porte dell'appartamento del duca e della duchessa raccontavano un'altra storia.

DOPO UN'INTERA GIORNATA di caccia con il re, il duca andò direttamente dalla scuderia al suo spogliatoio e nella vasca da bagno. Era un cavallerizzo appassionato che godeva del brivido della caccia, ed era noto per la resistenza in sella, ma una volta finita la caccia o la cavalcata, finiva anche il suo desiderio di restare un momento di più nell'abbigliamento da equitazione. Era sempre impaziente di tornare al suo solito splendore sartoriale. Il bisogno di togliersi di dosso la fatica del giorno, essere pulito da capo a piedi, indossare biancheria pulita e vestiti consoni al suo rango diventavano di suprema importanza.

Era suo nonno, il quarto duca, che gli aveva instillato questo bisogno di pulizia, che il corpo di un nobiluomo doveva essere strofinato e pulito e che doveva indossare sempre biancheria pulita per essere degno degli abiti sontuosi consoni al suo augusto rango. La pulizia del corpo e degli abiti erano la manifestazione esteriore della sua nobiltà e le fondamenta del suo carattere. Niente era possibile senza una persona immacolata. Distingueva il nobile dal popolano. E l'unico modo per riconoscere la differenza tra le due condizioni era sperimentare la seconda per apprezzare la prima.

Per dimostrarlo, il quarto duca aveva costretto il nipote a vivere nella sua stessa sporcizia per parecchi dei primi mesi sotto la sua giurisdizione. Il ragazzo aveva avuto accesso limitato all'acqua pulita, gli erano stati negati servizi igienici adeguati ed era stato costretto a indossare la biancheria e i vestiti con cui era arrivato dalla Francia. C'erano voluti sei mesi ma il vecchio duca aveva raggiunto il suo scopo. Per il resto della sua vita, suo nipote avrebbe avuto un'ossessione per la pulizia.

Il duca non passava un giorno senza lavarsi perfettamente, cambiare la biancheria e indossare vestiti immacolati. Si diceva che avesse le lavandaie più assidue e ben pagate di tutta Europa.

Dopo la caccia, mandava sempre avanti un uomo della scorta per avvertire il personale di prepararsi per il suo ritorno. Il suo devoto seguito entrava in azione per assicurarsi che ci fosse sufficiente acqua calda per riempire la sua vasca, che il rasoio fosse affilato, e che ci fossero biancheria e parecchi articoli di abbigliamento tra cui scegliere. Comunicavano al cuoco se aveva bisogno di cibo e se c'erano lettere arrivate durante la sua assenza venivano messe sul tavolo da toletta pronte perché le leggesse dopo il bagno ed essersi vestito.

Era durante la rasatura che il suo valletto di solito gli dava le altre notizie che riteneva rilevanti. Ma dato che Martin Ellicott era a Parigi, quel compito era toccato a uno dei vice -valletti. Col duca seduto al suo tavolo da toletta, il vice-valletto lo mise al corrente di certi particolari avvenimenti all'interno della casa. Due cose in particolare erano degne di nota: il biglietto da visita sulla pila di corrispondenza che identificava il visitatore mattutino di lord Vallentine e la conflagrazione in cucina che coinvolgeva *le chef pâtissier*. Jean Camille aveva reso noto a chiunque lo stesse ascoltando, e quelli che non lo stavano facendo non poterono fare a meno di sentirlo, che era stato assunto per fornire a *Monsieur le Duc* i dessert e i macaron più deliziosi di tutta la Francia. Non era lì per nutrire gli ottusi palati della plebaglia. E intendeva dire, così spiegò nervosamente il vice-valletto quando il duca alzò le sopracciglia, che Jean-Camille si era infuriato quando aveva scoperto che i suoi macaron erano stati distribuiti tra i servitori, in particolare le lavandaie e le addette alla nursery.

Il duca non fece commenti sul suo umorale *chef pâtissier* e mostrò solo un lieve interesse per il biglietto da visita. Aprì e lesse parecchie lettere che lo aspettavano sul vassoio. Ma tornò al biglietto da visita, studiandolo con l'occhialino prima di farlo ruotare tra le lunghe dita eleganti di una mano, come si farebbe con una carta da gioco se si voleva intrattenere con quel trucchetto vecchie zie e bambini dagli occhi spalancati, mentre il vice-valletto gli riferiva come era finito alla villa il biglietto da visita del cavaliere Montbelliard.

Imperscrutabile come sempre, il duca chiese penna e calamaio, scrisse sul retro del biglietto da visita e poi indicò a chi doveva essere consegnato e come.

Soddisfatto del suo aspetto, infilò i lunghi piedi in un paio di pantofole di marocchino rosso e una stupenda banyan di seta dipinta sopra una camicia candida, un gilè in filo d'argento e un paio di calzoni di velluto nero. Mise l'occhialino e le lettere in una tasca e andò a cercare la sua duchessa.

ANTONIA STAVA LEGGENDO, rannicchiata sul sedile della finestra del loro salotto. Attraverso la finestra, sopra la sua spalla, entravano le ultime tracce della luce invernale ma le candele che bruciavano nelle applique sopra la sua testa e nella stanza assicuravano che ci fosse luce in abbondanza. Ed era completamente concentrata sulla pagina stampata, con le ginocchia tirate verso il petto per tenere in equilibrio un grande e pesante volume, mentre arrotolava una lunga ciocca dei capelli biondi. Che ci fosse una pila di libri accanto ai suoi piedi e parecchi altri sul tappeto con nastri come segnalibri, significava che probabilmente aveva passato qualche ora col suo passatempo preferito, in tranquilla solitudine, o almeno così sperava il duca.

Non voleva interromperla, quindi appoggiò una spalla allo stipite della porta e aspettò, approfittando dell'opportunità per ammirare il suo adorabile profilo, che si stagliava contro il sole al tramonto. La sua bellezza gli fece seccare la gola e in quei piccoli, silenziosi momenti, quando pensava alla provvidenza, che quella dolce creatura era veramente sua moglie, il suo cuore batté un po' più forte. Ma ciò che non mancava mai di farlo meravigliare della propria fortuna era l'inconsapevole delizia che Antonia dimostrava ogni volta che si rivedevano, anche se erano stati lontani solo per qualche ora.

Conosceva bene il libro che stava leggendo: la storia di Roma *Ab urbe condita*, tradotto dal latino in inglese dallo studioso Philemon Holland. Recentemente l'aveva fatto rilegare in cuoio e glielo aveva raccomandato quando Antonia aveva espresso un interesse per le guerre puniche. Era uno della dozzina di libri che aveva portato con sé dall'Hôtel, ma quello a cui lei aveva dedicato più tempo, intenta a navigare nell'inglese elisabettiano.

Notò che tra i libri sparsi sul tappeto c'erano un paio di pantofole scartate, i resti del tè pomeridiano, una copertina di lana bianca e un unico calzino da bambino. Sarebbe rimasto sorpreso se non ci fosse stata una qualche prova della presenza di suo figlio. L'assenza di una culla significava almeno che stava rispettando il loro nuovo regime. E poi vide che Antonia stava usando l'altro calzino di suo figlio come segnalibro. Proprio da lei trovare un diverso uso per un articolo di abbigliamento! Ridacchiò con le spalle che si scuotevano.

Antonia alzò immediatamente lo sguardo e il suo volto perse la concentrazione. Al suo posto ci fu un sorriso radioso. Chiuse il libro con uno schiocco e lo mise da parte.

«*Monseigneur*! Renard! Perché non mi avete detto che eravate qui?» lo rimproverò scherzosamente Antonia, correndo da lui per essere presa in braccio. I suoi occhi verdi divennero enormi. «Sapete che oggi è il giorno in cui siamo stati separati più a lungo dal nostro matrimonio? So che è stata solo una giornata, e nemmeno intera, ma è sembrata veramente una settimana!»

Il duca sorrise e poi sembrò pensieroso. «Una settimana? Forse non dovrei più andare a caccia con il re.»

«Non andare a caccia con il re?» ripeté Antonia restando a bocca aperta. E poi ridacchiò e si rannicchiò tra le sue braccia. «Mi state prendendo in giro! Certo che dovete andare a caccia con il re. State bene insieme. Inoltre siete un ottimo cacciatore e non c'è nessuno, tranne il re, che possa aspirare a stare in sella bene come voi.»

«Sua Maestà potrebbe pensarla diversamente. Che *io* posso aspirare al *suo* livello di bravura come cavallerizzo e cacciatore. Non si deve mai superare il re, in niente, se non si può farne a meno. Non sarebbe, ehm, politicamente raccomandabile.»

Antonia rimase sconcertata. «Ma, Renard, dev'essere veramente difficile per voi, essere meno di quello che siete, eppure riuscire ad apparire come se steste facendo del vostro meglio, *oui*? Specialmente con il re.»

«Mai furono dette parole più vere» confermò il duca, riportandola al basso sedile sotto la finestra. La rimise in piedi sui cuscini. In quel modo i loro occhi erano quasi allo stesso livello e quando Antonia gli appoggiò le mani sulle spalle per tenersi in equilibrio, aggiunse. «Com'è possibile che voi l'abbiate capito immediatamente quando ho tentato più di una dozzina di volta di spiegarlo a Vallentine?»

«Oh, è semplice» disse Antonia facendo spallucce, con gli occhi che scintillavano maliziosi. «Vallentine vi conosce, ma non come me. Lui è molto diretto in tutto ed è un tratto encomiabile. È uno dei motivi per cui vi piace, *oui*? Ma voi...» Il suo sorriso divenne assorto. «A voi non piace essere diretto in niente, con nessuno... tranne me.»

«Voi siete l'eccezione, in ogni particolare.»

«Questo mi fa immensamente piacere. È come sarà sempre tra noi due.»

«Sempre.» Il duca la guardò negli occhi. «Posso baciarvi?»

Antonia sorrise. «Per favore. Non vedevo l'ora che lo faceste.»

Condivisero un lungo, tenero bacio e quando parlarono di nuovo, erano comodamente seduti tra i cuscini.

Il duca chiese: «Siete rimasta sorpresa come me che Sua Maestà abbia scelto di venire a prendermi alla villa?»

«Sì, molto. È un grande onore, che l'abbia fatto, vero?»

«Sì, ma la cosa più importante è che ci porta un passo più vicino a farvi accettare a corte, *mignonne*.»

Antonia rifletté. «In tutto il tempo che ho passato con *grand-père*, non sono mai stata così vicina a Sua Maestà come questa mattina alla finestra della galleria. È sempre talmente circondato da una gran folla di cortigiani e dalle sue guardie svizzere, che solo un bambino sulle spalle di suo padre sarebbe in grado di vederlo così chiaramente. Dev'essere stancante per lui sentirsi fissato e circondato continuamente, non credete?»

«Una delle conseguenze più sfibranti dell'essere un re. Ed è il motivo per cui protegge gelosamente la sua intimità e le sue amicizie. In privato può essere se stesso.»

«In quello non è diverso da voi.»

Il duca le baciò il dorso della mano e sorrise. «Vedrete da sola quando vi porterò con me a una delle sue piccole cene.»

Antonia lo guardò di sottecchi, un sorriso malizioso le aleggiava sull'adorabile bocca.

«E a questa cena sarò in grado di giudicare meglio se Sua Maestà è bello come sembrava guardandolo dalla nostra finestra.»

Il duca non ci cascò ma stette al gioco. Alzò un sopracciglio. «Mi devo preoccupare?»

«Di Louis?» Antonia alzò una spalla in un modo che sperava fosse indifferente. «I cortigiani e le dame non mentono. Non lo stanno adulando quando dicono che è l'uomo più bello di Francia. Eppure...»

«Eppure?»

«... voi siete *considerevolmente* più bello.»

UNDICI

Servirono il pasto serale al duca e alla duchessa al piccolo tavolo vicino al camino, entrambi *en déshabillé* con le banyan di seta, riccioli umidi in disordine tirati indietro con nastri di seta per dare un'apparenza di decoro. Eppure, quando si guardarono sopra l'argenteria, Antonia sorrise nel suo tovagliolo e il duca nel suo bicchiere di vino. Entrambi ebbero lo stesso pensiero: che prima non erano stati molto decorosi, lasciandosi trascinare dai loro desideri per fare l'amore sul sedile, e poi facendo il bagno insieme. E tra le bolle di sapone accanto al fuoco, avevano discusso di ciò che Antonia aveva letto quel pomeriggio sui diversi atteggiamenti dei romani e dei cartaginesi verso l'impero, finché l'acqua del bagno era divenuta tiepida.

E adesso stavano facendo del loro meglio per ristabilire la loro dignità ducale con una cena formale, con i camerieri che andavano silenziosamente avanti e indietro con le delizie culinarie create dal rinomato cuoco francese del duca, André. La loro conversazione riguardò più che altro le lettere che il duca aveva ricevuto dall'Inghilterra, che erano aperte accanto al suo piatto. E c'era una notizia che sapeva avrebbe fatto piacere ad Antonia quanto ne aveva fatto a lui.

Veniva dal capo del canile a Treat e riguardava i suoi beneamati whippet.

Non riuscì a non sorridere quando le disse: «Samuels mi informa che Tan è l'orgoglioso padre di cinque cuccioli sani, due maschi e tre femmine. Tutti stanno molto bene».

Antonia batté le mani. «*Cette nouvelle me rend très heureuse!* Oh, Renard! È veramente una notizia meravigliosa. Significa che presto riavremo Tan e Raf?»

«Presto. Raf dev'essere addestrata ancora per qualche mese con Tan. Il loro addestratore… John? Sì, John, li accompagnerà entrambi a Parigi. Forse in tempo per Natale.»

«Lo spero. Sono così impaziente di riaverli con noi.» Guardò la lettera accanto al suo piatto. «Con una nuova compagna come Raf, per Tan sarà più facile superare la perdita di Gray.»

«Oserei dire di sì.»

«E voi, *mon amour*?» gli chiese gentilmente. «Vi ha aiutato?»

Il duca restò in silenzio per un momento, con il bicchiere di vino a mezz'aria. Poi bevve un sorso e appoggiò il bicchiere, guardando Antonia e sostenendo il suo sguardo.

«Nessuno si riprende veramente del tutto dalla perdita di un compagno fedele, specialmente quando gli viene tolto così spietatamente. Ma lo sapete. Dovete anche sapere, *mignonne*, che non dimenticherò mai, né posso perdonare il fatto di essere arrivato a un pelo dal perdere voi e anche Julian. Rimane una ferita aperta che non potrà mai guarire, finché quella macchia maligna sulle nostre vite non avrà esalato l'ultimo respiro.»

Antonia annuì, sapendo che la macchia maligna era il conte di Salvan e non disse altro. Era pronta a sentirsi chiedere della visita dell'erede del conte, il cavaliere Montbelliard, perché era sicura che il duca fosse al corrente di tutto. Ma quando lui non lo fece si sentì sollevata. E poi il momento passò quando un cameriere chiese dove avrebbero preferito avere il caffè.

Il duca lasciò che decidesse Antonia e lei scelse il salotto e il tavolino dove era pronta la tavola da backgammon. Eppure, quando il cameriere si attardò, i duchi si scambiarono un'occhiata e il duca fece segno all'uomo di parlare.

«Jean-Camille manda le sue scuse ed è desolato di informare *Monsieur le Duc* che non ci sono macaron per accompagnare il caffè questa sera.»

«Nemmeno uno?» chiese il duca, appoggiando il tovagliolo e alzandosi. «Nemmeno un…»

«Non importa» lo interruppe spensieratamente Antonia. «Tutto ciò che vogliamo è il caffè.»

Il duca guardò sua moglie, sorpreso. Anche se la sua pronta risposta gli riportò alla mente ciò che gli aveva riferito il vice-valletto sull'esplosione verbale in cucina che coinvolgeva lo *chef pâtissier*. Decise di mettere alla prova la sua ipotesi.

«Non vi dispiace che siamo sprovvisti di macaron, *ma vie*?»

Antonia gli prese la mano e lo portò via dal tavolo, verso l'*enfilade*.

«Vi assicuro che sono veramente devastata, *Monseigneur*, ma potremo avere i macaron domani sera.»

Roxton si lasciò guidare attraverso la stanza e lungo l'*enfilade* fino al salotto. Stava sorridendo tra sé e sé mentre fingeva di non sapere il motivo per cui non c'erano quei dolci con il caffè.

«Ma, *ma chérie*, non dubito che Jean-Camille preparerà un'altra infornata di macaron e altre dolci delizie per il caffè di domani. Resta un mistero dove siano finiti quelli di oggi. Forse dovrei convocare *Madame* Ballon…»

«No, non c'è bisogno di farlo.»

«Oh? Pensate che la nostra governante non abbia idea…»

Ora che erano arrivati in salotto, Antonia gli lasciò andare la mano e lo guardò facendo il broncio.

«Mi state prendendo in giro! E so che lo state facendo perché non riuscite a nascondere il divertimento dalla vostra voce. Sento l'inflessione alla fine delle parole quando cercate di nascondere una risata. Ma non potete nasconderla a me. E allora, ecco» aggiunse borbottando, «vi ho raccontato il mio segreto, che so quando mi state prendendo in giro, anche se so che Vallentine e *Madame* sembra che non se ne rendano conto, cosa che mi stupisce, e adesso ho perso quel vantaggio. Che lo sappiate significa che potreste non farlo più…»

Il duca l'attirò tra le braccia. «Lo farò. Per voi. *È vero*, vi stavo prendendo in giro. E Vallentine e mia sorella rimangono ciechi e sordi perché non sono voi. Ma c'è qualcos'altro, o qualcun altro, che vi sta preoccupando?»

«Mi dispiace se sono di cattivo umore. Avete ragione. Vallentine ha detto qualcosa che riguardava me, non *a me*. È una cosa stupida e Vallentine non è da biasimare, quindi non dovete rimproverarlo. Giochiamo a backgammon, mi metterà sicuramente di buon umore.»

Si staccò dalle sue braccia e si tolse le pantofoline di seta per rannicchiarsi tra i cuscini mentre il duca metteva là tavola da backgammon in mezzo. Avevano cominciato da un po' la loro prima partita, quando Antonia spezzò il silenzio tra di loro confessando.

«Ho mandato i macaron in lavanderia.»

Il duca si fermò prima di lanciare i dadi. Non alzò gli occhi dalla tavola. «La… lavanderia, *ma vie?*»

«Per le lavandaie che passano tutte le giornate in mezzo all'acqua saponata.»

Il duca catturò uno dei pezzi di Antonia e lo tolse dalla tavola. Alzò gli occhi.

«Pensate che il vitto e l'alloggio, per non parlare della remunerazione monetaria che forniamo alle lavandaie siano così inadeguati che dobbiamo dar loro da mangiare anche i nostri macaron?»

Antonia lanciò i dadi la cui somma le permise di rimettere i pezzi catturati nella casa interna. Il duca lanciò un doppio sei e la partita continuò.

«Quanto a quello non saprei» disse Antonia. «Ma avete un sovraintendente e una governante in ognuna delle case, quindi voi lo sapete, *oui?*»

«Ciascuna delle nostre case ha una governante, ma ho solo due sovraintendenti» spiegò il duca. «Uno qui a Parigi e un altro nella sede ducale a Treat. È compito loro fare tutto il necessario per garantire la nostra comodità. E sono lieto di dire che fanno un lavoro eccellente, altrimenti non sarebbero alle mie dipendenze. Lascio a loro gli insignificanti particolari di cui non ho bisogno di occuparmi.»

«E i macaron sono un particolare insignificante, *Monseigneur*?»

«La loro creazione, sì. Quanto alla loro distribuzione…? Sono sicuro che le mie governanti e i miei sovraintendenti siano d'accordo con me.»

«Cioè?»

L'espressione di Antonia era così preoccupata che al duca servì tutta la sua forza di volontà per mantenersi impassibile. «Vi consiglierei di non fornire regolarmente i macaron alle lavandaie. Un lavoro così vitale non può essere svolto mangiando solo dolci.»

Antonia ridacchiò e disse senza rancore mentre spostava le sue pedine per evitarne la cattura: «Siete divertente! Ho mandato i macaron non per nutrirle, ma così, per un capriccio. Era rimasto tanto sui piatti dopo il tè mattutino di Vallentine con… Ed è il motivo per cui ho distribuito i macaron dove pensavo sarebbero stati più apprezzati» continuò tranquillamente, sospirando mentalmente di sollievo per non aver ancora menzionato il cavaliere Montbelliard. «È stato un gesto… Volevo che sapessero che non dimentichiamo tutto ciò che le lavandaie fanno per noi.»

«La vostra premura mi fa sentire umile.»

Antonia raccolse i dadi e guardò il duca.

«Ma pensateci, Renard» disse con sincerità. «Hanno tanto più da lavare, pulire e stirare dopo l'arrivo di Julian.»

«Preferirei non pensarci.»

«Se devo essere sincera, è qualcosa che non vorrei fare nemmeno io» confessò Antonia. «Ma devo, perché sono la vostra duchessa e anche la madre di Julian. E, da madre, sono veramente grata di non dover fare tutto quello che le lavandaie e le bambinaie fanno per nostro figlio. Non vi chiedete, a volte, se sono contenta di farlo, perché io me lo chiedo e so che non ne sarei assolutamente felice. E nemmeno voi.»

Il duca fece una smorfia di disgusto che fece ridacchiare Antonia.

«No! Non ne sarei contento! Non riesco a immaginare nessuno essere, ehm, felice di pulire ciò che lascia un bebè, tanto meno occuparmi della montagna di biancheria che genera ogni giorno un esserino così piccolo. Grazie per averlo portato alla mia attenzione, *ma chérie.*»

«Prego, *mon amour*» rispose dolcemente Antonia.

Osservò il duca portar fuori l'ultima delle sue pedine e vincere la prima partita, poi risistemò in fretta la tavola per avere la possibilità di rimettersi in pari.

«Non è solo ciò che comporta veramente pulire la biancheria di Julian che mi fa pensare alle lavandaie» spiegò Antonia. «Ma anche tutta quella che è necessaria alla nostra comodità. Non voglio servitori infelici nelle nostre case. E non intendo solo i servitori personali, Renard, ma anche quelli che io… noi… non vediamo mai.»

«Desiderare che tutti siano felici è encomiabile, *mignonne.* Ma potrebbe non essere possibile. Posso solo parlare dell'esperienza del nostro rango, ma sono sicuro che vi rendiate conto che c'è gente a questo mondo insoddisfatta di tutto e di tutti, qualunque sia la loro situazione…»

«*Grand-mère* è una di quelle. Non ho mai conosciuto una persona così infelice e cattiva senza motivo come lei. Ero infelice vivendo sotto il suo tetto, proprio per questo.»

Il duca alzò gli occhi mentre metteva a posto le sue pedine. Ci fu una nota di rabbia nel suo tono, una rabbia rivolta a se stesso. «È stata completamente colpa mia. Mi prendo la mia parte di colpa per ciò che avete patito sotto il suo tetto.»

«Voi soffrite per il rimpianto. Lei non si permette il minimo rimpianto, per niente!» Antonia spalancò gli occhi verdi. «*Monseigneur,* riuscite a immaginare essere un servitore in casa sua?»

«Non è, ehm, un posto dove voglio che vada la mia immaginazione… e voi *ma lutine,* non potete portare sulle vostre belle spalle i peccati di tutti.»

«Mi ritenete un'ingenua.»

«No. Ciò che penso è che la vostra infinita capacità di mettervi nei panni di altri possa, in qualche occasione, portarvi fuori strada.»

Antonia piegò di lato la testa e aggrottò la fronte, riflettendo. «Vallentine mi dice che dato che sono una duchessa, devo mantenere la giusta distanza dai servitori. So che *Madame* non approva le mie visite ai piani di sotto. Ma i servitori mi fanno sempre sentire benvenuta. Ma adesso che sono la vostra duchessa, non posso più farlo? E se è così, come farò a sapere che cosa succede di sotto, e se i nostri servitori sono contenti di stare nelle nostre case, se non lo vedo di persona?»

«Capisco il vostro dilemma, *ma belle* e posso aiutarvi a capire presentendovi la situazione in un altro modo.»

«Fatelo per favore, perché son veramente confusa.»

Il duca nascose il desiderio di sorridere e mantenne il volto perfettamente impassibile, perché ammirava la diligente preoccupazione e non voleva che lo ritenesse insincero.

«Quando visitavate le mie cucine come *mademoiselle* Moran, non veniva considerata una, ehm, intrusione. Le vostre visite erano una distrazione benvenuta dalla routine quotidiana dei miei servitori che senza dubbia apprezzavano che mostraste interesse per il loro lavoro e per loro. Oserei addirittura aggiungere che chi mai non apprezzerebbe una vostra visita, voi che portate il sole nelle giornate di tutti?»

«Ah! Mi fate il più bello dei complimenti, *Monseigneur*» disse Antonia con un sorriso radioso e gli catturò le dita per baciargli il dorso della mano. «Grazie.»

«Non ringraziatemi, *ma vie.* Stavo solo esponendo un fatto. Ma, per spiegare le preoccupazioni di mia sorella… Tra parentesi» disse arrotolando uno dei lunghi riccioli che si era sciolto e le pendeva su una spalla. «Non credo che Vallentine avrebbe minimamente preso in considerazione questa faccenda se lasciato a se stesso…»

«Ma lui è un marito leale. E *Madame* si agita pensando alle mie visite nelle cucine e a Vallentine non piace vedere sua moglie agitata.»

«Proprio così. È una cosa lodevole. Ma ci sono volte, come questa, in cui sarebbe meglio che tenesse le sue opinioni per sé. Non tocca a lui commentare ciò che fate, come, quando o dove. Siete la mia duchessa e quindi la faccenda, qualunque faccenda, riguarda solo me.»

«E quindi, *voi* preferireste che non visitassi le cucine, non mandassi i macaron alle lavandaie e non parlassi con i domestici?»

«Non è questione di ciò che voglio» rispose gentilmente il duca, sentendo il tono ferito nella voce di Antonia.

«Ma, *Monseigneur*! Lo trovo difficile da credere. Certamente da quando avete ereditato il titolo dal vostro *grand-père*, la vostra vita ha sempre riguardato ciò che volevate voi.»

Il duca sbatté gli occhi e poi emise un'involontaria risata alla semplice verità nella dichiarazione di Antonia.

«È verissimo, *ma fée*. Dopotutto» aggiunse scherzoso, «i duchi, per nascita e titolo, sono i beneficiari naturali di rispetto e, ehm, venerazione. Alcuni, come me, più di altri. E quindi facciamo ciò che vogliamo e prendiamo ciò che ci piace, quando ci piace.»

Antonia ignorò la sua battuta, non trovando niente di sorprendente in ciò che aveva detto, perché lo credeva veramente di lui. Ma non lo credeva di suo nonno.

«Ma il quarto duca, lui non meritava questo rispetto, vero? Era senza cuore e crudele. Vi ha portato via da vostra madre quando eravate solo un ragazzo, un ragazzo che aveva perso un genitore e ora non aveva nessuno, e...»

«Povero me!» disse Roxton, con il rossore che gli imporporava le guance. «Non devo tirare a indovinare per conoscere la fonte di queste storielle.»

«Ma non sono storielle, vero?» insistette testardamente Antonia. «È la verità. Mi dispiace, Renard. Ma ciò che vi è successo da ragazzo mi turba e forse più di quanto lo farebbero normalmente questi racconti perché... perché adesso abbiamo un bambino. Non potrei permettere che mi portassero via Julian, esattamente come non potrei smettere di respirare!»

«Venite qua, *ma vie*» la invitò il duca e spostò la tavola da backgammon che era in mezzo a loro. E quando Antonia si rannicchiò contro di lui, la tenne stretta in un abbraccio per confortarla. «È una circostanza di cui non dovrete mai preoccuparvi» la rassicurò. «Quanto alla mia, ehm, deprecabile infanzia… un giorno vi racconterò precisamente quei tristi eventi…»

«Promesso?»

«Sì, ma non roviniamo questa bella serata parlando del quarto duca. E se questo mi rende un duca egoista, così sia.»

Antonia sospirò soddisfatta. «Siamo ben assortiti. Io sono una duchessa egoista. Mi piace avervi tutto per me.»

Il duca le baciò i capelli e restarono in quel modo sulla *dormeuse*, in silenzio e fermi, godendosi quel momento, sperando che non finisse mai. Durò meno di cinque minuti.

Senza preavviso e senza il solito passo attutito di un domestico per annunciare in tono sommesso un'interruzione della loro solitudine, una delle balie di Morvan, con due bambinaie al seguito, entrò nella stanza senza essere annunciata. Non c'era bisogno di spiegazioni. Il pianto sonoro di un bambino affamato disse alla coppia ducale tutto ciò che doveva sapere.

Senza una parola o uno sguardo, il duca si alzò dalla *dormeuse* e lasciò la stanza. Sapeva bene quando battere in ritirata. Ma non abbandonò a lungo Antonia. Tornò poco dopo, quando nel salotto si ristabilì la tranquillità, alle sue calcagna, un cameriere con un vassoio di caffè fresco. Rimise la tavola da backgammon sulla *dormeuse* e guardò sua moglie con un sorriso.

«Dove eravamo rimasti?»

DODICI

Antonia accettò la tazza di caffè che le aveva preparato il duca, dando un'occhiata al bambino, che succhiava contento, con le piccole dita grassocce ancorate nelle pieghe della banyan di seta.

«Mi stupisce sempre la differenza che fanno pochi minuti» confessò Antonia. «Un minuto prima è un diavoletto rosso urlante, e guardate adesso! Il bambino più felice al mondo.»

Il duca sorseggiò il caffè. «Vi sorprende?» mormorò inarcando un sopracciglio. «È nel posto più felice al mondo.»

Antonia ridacchiò. Il duca sorrise e ammiccò. E poi bevvero il loro caffè in silenzio amichevole, con lo sguardo fisso sul loro bambino. Quando il duca le tolse di mano la tazza vuota, Antonia disse con un lieve sospiro: «*Monseigneur*, lo amo oltre ogni dire. Julian è il bambino più perfetto al mondo...»

«Certo, è il nostro.»

«... ma vi sorprenderebbe se confessassi che quando è attaccato al mio seno, io avrei voglia di fare qualcosa, qualunque altra cosa, tranne restare seduta qui. E poi mi sento in colpa per la mia impazienza.»

«Comprensibile, in entrambi i casi. Sono sicurissimo che tutte le madri si sentano continuamente in colpa per qualcosa che ha a che fare con la loro progenie. E mentre si nutre, voi siete, ehm, sua prigioniera, vero?»

Antonia ci pensò un momento e poi annuì. «È verissimo... Sapete che ci sono madri che riescono a tornare alla loro vita quotidiana e non sentirsi in colpa, perché devono. Non hanno il lusso che ho io, quindi non dovrei veramente lamentarmi, vero?»

«Vi state lamentando? Pensavo che steste solo rimproverandovi inutilmente. È comunque ingiustificato.»

«Grazie per averlo detto.» Antonia guardò il figlio con un tenero sorriso, accarezzandogli lievemente la zazzera scura. «Forse se mi vedrà leggere diventerà un lettore anche lui?»

«Com'è possibile che non lo diventi?»

Antonia alzò gli occhi sul duca. «Io non lo sapevo ma voi forse sì. Céleste mi dice che ci sono donne che lavorano nei campi e allattano i loro bambini mentre lavorano.»

«Mi stupite.»

«È vero...»

«Vi credo, *ma vie*. Sono stupito.»

«Oh. Capisco... Ciò che fanno queste donne nei campi è portare una fascia attraverso il torso, mettere il bambino in quella fascia e attaccarlo al seno. E i bambini restano lì contenti così le loro madri possono continuare a fare qualsiasi cosa stiano facendo nel campo.»

«Quale bambino non sarebbe contento, al caldo contro il corpo della madre e avendo accesso in qualsiasi momento a ciò che vuole di più? Me lo state dicendo perché vi piacerebbe farlo?» chiese il duca con il volto perfettamente impassibile. «La mia unica domanda è: che tipo di, ehm, lavoro nei campi vorreste intraprendere?»

«Renard, se avessi un cuscino sottomano ve lo tirerei!»

Il duca sorrise. «Devo passarvene uno, *ma lutine*?»

Antonia fece il broncio e finse di essere irritata. E quando il duca la imitò, non riuscì a continuare a fingere e ridacchiò. Il duca si chinò in avanti e le baciò la fronte.

«Parlando di lavoratori dei campi, o, più precisamente lavoratori in cucina» disse in tono colloquiale, con un braccio appoggiato allo schienale della *dormeuse*. «Prima mi avete chiesto che cosa c'era nel fatto di visitare le mie cucine nelle vesti di mia duchessa che lo rendeva diverso da quanto le visitavate come signorina Moran e perché mia sorella si è presa la briga di rendere nota la sua disapprovazione.»

Antonia spalancò gli occhi e l'occhiata che diede alle sue spalle indicò che sapeva esattamente perché il duca avesse scelto di conversare con lei in italiano, una lingua che conoscevano bene entrambi, e non nel suo francese natio. La balia e una delle addette alla nursery restavano nell'ombra, aspettando che la piccola signoria fosse pronta per la culla, una volta finito l'allattamento.

Che il duca non volesse che i servitori capissero il resto della loro conversazione rese Antonia acutamente consapevole che doveva aver effettivamente trasgredito regole non scritte della casa e che non era una sorpresa che sua sorella e Vallentine fossero inquieti con lei. Ma era anche filosofica. Nessuno le aveva mai insegnato quelle regole, quindi come poteva sapere che le stava infrangendo?

Con le parole che seguirono, il duca sembrò averle letto nei pensieri. «È colpa mia perché non vi ho spiegato prima come funzionano le cose. Ma eravamo presi dalla nascita imminente. E ciò che preoccupa Estée è insignificante nel quadro generale della nostra vita e poteva aspettare dopo la nascita di nostro figlio.»

«E adesso non può più aspettare perché *Madame* è ancora scontenta di me per aver visitato le cucine, e questo ora preoccupa anche voi? Ero pronta a farmi guidare da lei. Il contrario sarebbe stato stupido da parte mia, vero, mio signore, visto che lei ha una grande esperienza di queste faccende domestiche e io nessuna.»

«Siete troppo dura con voi stessa, vita mia. Inoltre» aggiunse in tono secco, rimettendosi seduto, «non mi interessa minimamente che vengano feriti i sentimenti di Estée. Non è compito suo criticare la vostra condotta come duchessa. A dire il vero, sono le sue intollerabili interferenze che hanno alimentato le fiamme del risentimento al piano di sotto. Hanno causato inquietudine tra i servitori e creato un inutile spreco del mio tempo.»

«Capisco la vostra irritazione, ma non sono più vicina a capire che cosa offende *Madame*… E voi.»

«Me? Niente di ciò che dite o fate mi offende minimamente, Antonia» rispose categoricamente il duca, aggiungendo poi con un sorriso dolce. «Tranne che pensiate di potermi offendere.»

«Offendere è una parola troppo forte, forse. Ma vi conosco e so che vi infastidisce che io vada di sotto a parlare con i vostri cuochi e chiedere di assaggiare i biscotti e le salse. Avete detto voi stesso che la mia capacità di indossare i panni degli altri in qualche caso mi ha fuorviato.»

«La vostra *infinita* capacità, *ma belle*.»

«Ma vi chiedo, Renard, in che modo posso imparare a essere una brava duchessa se non so come vengono gestite le vostre case e che cosa fanno i domestici, giorno dopo giorno nelle loro vite quotidiane? E non abbiamo una sola casa, ma tre. Quattro se vogliamo contare questa villa.»

«D'ora in poi conteremo anche questa villa, quindi quattro.»

«Esiste un altro nobiluomo da entrambi i lati della Manica che tiene aperte *quattro* case, con abbastanza servitori all'interno e all'esterno da permettergli di arrivare in un giorno qualsiasi come se non se ne fosse mai andato? Nessuno, tranne voi.»

Il duca alzò una mano. «Ma certamente, gioia mia, come scegliamo di vivere non deve interessare nessun altro, tranne noi, giusto?»

«Vero, ma come vengono gestite queste case vi interessa, e anche me adesso. Non è così?»

«Sì» rispose il duca inclinando la testa. «Ma tutto può aspettare finché il regime di Julian sarà perfettamente a posto e dopo la vostra presentazione a corte.»

«No, *Monseigneur*» dichiarò fermamente Antonia. «Che abbiamo un bambino non è una scusa per trascurare le mie responsabilità. E non sono così superficiale da essere in grado solo di concentrarmi su mio figlio e la mia presentazione al re.» Sorrise. «Vi amo tantissimo perché inventate queste scuse per me, ma ora basta.»

Il duca si prese qualche momento per rispondere, con la testa appoggiata a un pugno, contento di osservarla e meravigliarsi di entrambi. Ma più che altro meravigliandosi di sua moglie, che stava allattando il figlio di quattordici settimane e si preoccupava dei suoi doveri come sua duchessa. Il che gli rammentò la conversazione che aveva avuto con Vallentine, di come, quando aveva l'età di Antonia, l'ultima cosa che aveva in mente fossero le sue responsabilità, ducali o altro.

Antonia aveva un asciugamano sulla spalla e vi aveva appoggiato Julian mentre gli massaggiava la piccola schiena con un lento movimento circolare, per sistemargli il pancino. E, tranquillo, il bambino si rannicchiò contro il suo collo, scivolando lentamente nel sonno. Antonia se ne accorse e si guardò alle spalle, segnale per la balia e le cameriere di farsi avanti e prendere il bambino per la notte. Prima di consegnarlo alle loro cure, gli baciò la guancia e poi ancora un po', dicendogli quanto sua madre e suo padre lo amassero, ma che era ora che dormisse nella sua culla. E Julian uscì dal salotto, al sicuro nelle braccia della sua balia, con Antonia che lo guardava con nostalgia.

Il duca sapeva che nonostante si adeguasse al nuovo regime riguardante l'allattamento notturno e che Julian passasse quelle notti con le sue balie in una culla nella galleria della nursery in modo che lei potesse dormire un sonno ininterrotto, Antonia avrebbe continuato a preoccuparsi. Era naturale e fece del suo meglio per distrarla.

«Io non ho mai visitato le cucine» confessò, tornando al francese natio di Antonia. «Né sono mai stato dabbasso. Se ci dovessi andare mi perderei sicuramente.»

«Mi state prendendo in giro, *Monseigneur*?» chiese Antonia, voltandosi a guardarlo e immediatamente sul chi vive. Quando il duca scosse la testa, lei aggiunse, incredula. «Volete dire che non siete mai stato ai piani bassi in questa villa?»

«In nessuna delle mie case, non da quando sono un duca. E se mai ho visitato le cucine dell'Hôtel da ragazzo, era quando portavo ancora le gonnelle. Quindi non ho ricordi di occasioni simili.»

«Non capisco. Voi potete andare dovunque vogliate.»

«Potrei, ma scelgo di non farlo.»

«Ma come fate a sapere che cosa succede lì, o come vengono trattati i domestici… No! È ingenuo da parte mia. Ovviamente lo sapete. Ci sono altri che ve lo dicono.»

«Naturalmente ho il diritto di andare dovunque voglia. Ma non lo faccio. Ciascuno ha il suo posto, perfino la mia stimata persona. Ho ritenuto di rendere i piani bassi interdetti a questo duca. In questo modo, coloro che lavorano lì possono svolgere i loro compiti, continuare con le loro vite, senza temere una visita o interferenze da parte mia.»

«E *Madame* non si avventura mai lì?»

«Mai.»

Antonia ci pensò un momento. «Capisco che se andaste dabbasso sarebbe sconcertante per i servitori. Molti passerebbero il tempo guardandosi alle spalle, chiedendosi se potreste apparire in qualsiasi momento…»

«… come uno spettro?» Roxton sorrise, l'idea gli piaceva. «Forse dovrei riconsiderare la mia massima…»

«Ma *Madame* è vissuta all'Hôtel per tutta la vita» continuò Antonia, ignorando la sua caustica frivolezza, «e quindi sapeva della vostra massima che non è compito suo andare a trovare i servitori. Ma io non sono lei, e non sono voi…»

«*Mignonne*, non capite che come mia duchessa voi siete un'estensione di me stesso? Dovunque voi andiate, qualunque cosa facciate, ora siamo per sempre considerati una cosa sola.»

Antonia sorrise felice. «Mi piace. Mi conforta.»

«E a me dà grande gioia. Ma per qualcuno, per quelli alle nostre dipendenze, quando voi scendete da loro, è come se lo stessi facendo io.»

Antonia spalancò gli occhi verdi, capendo ciò che le stava dicendo. «Oh, non ci avevo pensato.»

«E per quanto fosse gentile e generoso il vostro gesto di mandare i macaron di Jean-Camille in lavanderia, lui l'ha visto diversamente. Lui, come André, e i nostri cuochi e lo chef in Inghilterra considerano un enorme onore servire i loro padroni ducali. Possono vantarsi e lamentarsi e passare buona parte del loro tempo rimproverando i loro sottoposti, per via di chi servono, la loro importanza è legata alla mia importanza. Ma se le loro creazioni culinarie finiscono nelle bocche delle lavandaie…»

«… non possono vantarsi del fatto che *voi* li abbiate scelti.»

«E anche *voi*, mia cara.»

Antonia sentì cadere le spalle. «Quindi la mia gentilezza nei confronti delle lavandaie è stata fonte di grande imbarazzo per Jean-Camille?»

«Non necessariamente. La maggior parte del personale vedrà il vostro gesto per quello che è. E quelli che non lo faranno e cercheranno di tormentare Jean-Camille con questa apparente caduta in disgrazia, riceveranno scarsa considerazione da parte di Duvalier. E dato che questa è la prima…»

«… e ultima.»

Il duca inclinò la testa. «… e ultima volta in cui Jean-Camille deve affrontare una simile umiliazione, l'affronto fatto alle sue piccole delicatezze verrà presto dimenticato.»

Antonia sorrise. «Mi accerterò di lodare i suoi macaron domani sera, e ne mangerò due.»

«Sarà al settimo cielo». Quando il sorriso di Antonia svanì e riapparve la piccola ruga tra le sopracciglia, le chiese: «Che c'è, *ma fée*? Vi aspettate un problema col vostro piano per ripristinare l'orgoglio di Jean-Camille?»

Antonia scosse la testa. «No, è come dite voi. È solo che se non vado dabbasso, come farò a sapere… a sapere qualcosa di questa casa e di come gestirla?»

Il duca le prese la mano. «Me l'avete detto voi stessa. Ci sono altri che mi informano. E adesso questi altri sono anche i vostri occhi e le vostre orecchie. Le nostre governanti e i maggiordomi e i servitori dei piani alti, tutte persone che hanno quegli impieghi per la loro perizia e lealtà, sono qui per darvi le loro opinioni e esservi di guida. Saranno lieti che voi non li trascuriate.»

«È così che vedono le mie visite alle cucine? Che li abbia trascurati?»

«Possono forse vederlo in altro modo?»

Antonia giocherellò con la cintura di seta della sua banyan, riflettendo, poi confessò, guardando il duca. «Ammetto di essere un po' intimidita da quei servitori. Sono abili in quello che fanno e hanno molti anni di esperienza, quindi come faranno a prendere ordini da una come me, così giovane che non sa niente?»

«Non credo che sia questo il caso, ma, diciamo per ipotesi che sia così… non sapevate niente quando eravate *mademoiselle* Moran; che cos'è cambiato in pochi mesi?»

«Ma adesso sono una duchessa e non è accettabile che sia ignorante, *oui?*» Sorrise esitante, con una scintilla negli occhi. «Quando ero *mademoiselle* Moran, allora non sapevo di non sapere ciò che non so adesso. *Tu le comprends, mon cher mari?*»

Il duca annuì e le mise gentilmente una mano sulla guancia. «Antonia, tutto ciò che mi importa è che voi siate felice di essere la mia duchessa. Tutto il resto si può imparare, o superare. E sarete la benvenuta se vorrete lasciare la vostra impronta su questo ducato. Non c'è stata una duchessa di Roxton dopo mia nonna e lei è morta trentasei anni fa. Se volete ricompensare i servitori di basso rango per i loro servizi, fatelo. Ma dovrete trovare un modo per non mettere in imbarazzo i servitori dei piani alti. Sono sicuro che ci riuscirete. Ma non nego che a volte troverete pesante il vostro rango, con tutto ciò che la gente si aspetterà da voi, sia la famiglia, sia i servitori. Sfortunatamente dovrete fare del vostro meglio per sopportarlo per il resto della *mia* vita.»

«Niente sarà un peso, fintanto che sarete con me» rispose fieramente Antonia, voltando la faccia per premergli le labbra sul palmo della mano. Si sedette diritta con un sorriso. «E vi sbagliate, Renard. Sarò la vostra duchessa per tutte le *nostre* vite, in questa e in quella che seguirà. Lo credete anche voi?»

«Sì» dichiarò il duca senza esitare. «Con tutto il cuore. Non lo avrei considerato possibile prima che entraste volteggiando nella mia vita, ma adesso sì.»

Antonia gli gettò le braccia al collo, la copertina che aveva sulla spalla le scivolò in grembo. La fece riandare col pensiero a quella mattina, quando era alla finestra della galleria e faceva la riverenza al re. Si tirò indietro e fissò il duca, con gli occhi verdi spalancati, mortificata.

«Renard! Mi è venuta in mente una cosa orribile. Questa mattina quando ho fatto la riverenza a Louis e avevo Julian in braccio… Lui era…» sollevò la copertina. «Aveva solo una corta sottoveste e aveva una di queste coperte avvolta intorno perché non gli avevano ancora messo i pannolini. L'ho voltato verso la finestra in modo che potesse vedere Louis e voi e stava scalciando e strillando. Era come se stesse esprimendo l'eccitazione di tutto il personale perché Sua Maestà era in cortile. Era un suono così delizioso che ho dimenticato la copertina… Penso che l'abbia scalciata sul pavimento.»

«Ah, ecco scoperto l'arcano, allora.»

«Che cosa? Che cosa spiega? Che avevo sollevato Julian perché lo vedeste e che Sua Maestà ha pensato che gli stessi mostrando la prova che sono l'orgogliosa madre di un figlio maschio?»

Il duca non riuscì a nascondere un sorriso. «È esattamente ciò che ha pensato, *ma vie*.»

Antonia tirò il fiato, sorpresa. «Che cos'ha detto?»

«Sua Maestà ha osservato che era lieto di vedere con i suoi stessi occhi che le voci sulla vostra grande bellezza erano vere.»

Antonia osò imitare il re di Francia. «Roxton, la vostra duchessa è molto bella. Non riesco quasi a credere ai miei reali occhi, che abbiate avuto una tale fortuna, amico mio.»

«Ma, Vostra Maestà» disse il duca, come se parlasse al re, eppure le sue spalle si scuotevano per le risate. «Vi assicuro che la fortuna non ha niente a che vedere con...»

Antonia lo fermò con un bacio e smise anche lei con la sua imitazione per dire, indignata: «Non è importante se mi ritiene o meno una grande bellezza, quando mi ritiene anche una grande imbecille per aver fatto una cosa simile: sollevare Julian perché lo esaminasse!»

«*Ma vie*, vi assicuro che Sua Maestà non aveva nessun bisogno di mettere in dubbio la vostra intelligenza. Ben lungi. In effetti ha pensato l'opposto. È rimasto impressionato dalla vostra scaltrezza.»

Antonia si rimise seduta, con una smorfia sul volto. «Non capisco perché dovrebbe pensare che ciò che ho fatto sia qualcosa di diverso dall'azione di una madre orgogliosa ma molto sciocca.»

«La vostra ipotesi è corretta. Sua Maestà ha immaginato che steste sollevando il bambino per mostrare a lui e quindi al mondo, la prova che mi avete effettivamente dato un erede. È stato piuttosto solenne, e ha dato a quel momento l'attenzione che si meritava. Inoltre, togliendosi il cappello davanti a voi, con i suoi cortigiani che lo guardavano, stava riconoscendo quella prova e vi stava dando la sua reale approvazione.»

«Perché ha voluto fare una cosa simile?»

«Perché noi, lui e io, siamo amici.»

«Su quello non c'erano dubbi, vero? E se ci fossero stati dubbi, Sua Maestà vi ha fatto un grande onore arrivando nel nostro cortile per salutarvi. E come dite, con i principi e i nobili che vi guardavano dal parco.» Guardò con attenzione il duca. «C'è qualcos'altro, qualcosa che non mi state dicendo.»

Roxton lisciò una piega invisibile dal ginocchio coperto di seta. Poi disse in tono piatto. «Sì. Voi sapete che, negli anni, ho attirato parecchi nemici. Di conseguenza, ci sono voci che mi riguardano, alcune vere, altre sordide, la maggior parte infondate. Di solito non mi interessano, e non avete bisogno di preoccuparvene, né avete bisogno di sentirle. Ma ce n'è una particolarmente persistente e non permetterò che incancrenisca. Ve la riferisco solo perché spiegherà la reazione del re alla vostra innocente azione di questa mattina. Ci siamo sposati in febbraio e Julian è nato a luglio. C'è una certa, ehm, discrepanza nei tempi della sua gestazione e nascita. Ha fatto sì che circolassero domande scurrili a corte, tra cui quella se sia veramente mio figlio e non...»

«No! È troppo sciocco per parlarne!» Lo interruppe Antonia, indignata e sprezzante. E quando balzò in piedi, si alzò anche il duca. «Chiunque abbia occhi funzionanti deve solo guardare Julian per capire che siete suo padre.»

La smorfia del duca svanì e le sorrise. «Ma la maggior parte degli occhi, ehm, funzionanti, non ha mai visto nostro figlio, *mignonne*. Da lì le voci. Diffuse proprio da alcuni dei nobiluomini che stavano guardando quando il re si è tolto il tricorno.»

«E adesso anche loro hanno visto Julian con i loro occhi» rispose Antonia con un sorriso dolce e compiaciuto. «Sono lieta che non me l'abbiate detto prima. Sono grata a Sua Maestà per il suo gesto, ma non è questa la mia preoccupazione più grande.»

«Qual è?» le chiese, lieto della sua ferma reazione.

«Che cosa penserà Julian della sua *maman* se scoprirà...»

«... che è stato concepito prima che fossimo sposati?»

«No.» Antonia si strinse nelle spalle e gli mise un dito sulle labbra. «Terremo per noi quel piccolo segreto, *oui*?»

«Sempre.» Il duca la prese in braccio per portarla nella loro camera. «Se non è quello, allora che cos'è?»

«Che la sua *maman* non si è comportata meglio di una tronfia madre spartana, sollevandolo nudo perché il re francese e la sua corte lo esaminassero e lo approvassero!»

«Ma avete tutto il diritto di essere orgogliosa, *ma vie*. Abbiamo un bellissimo bambino sano.»

«È vero. E mi fa un immenso piacere. Ma certo non piacerà a *lui* quando verrà a sapere della sua prima pubblica apparizione davanti ai reali.»

«Dato che è troppo giovane per ricordare l'episodio, diventerà abbastanza presto una storia popolare e potremo decidere se validarla o no. Mentre non dimenticherò mai la mia prima apparizione davanti a un re.»

«Oh, per favore, parlatemene!»

Il duca la portò fuori dalla stanza. «Forse domani mattina» scherzò. «Siete stanca.»

«Come faccio a dormire se la curiosità mi uccide?»

Il duca la guardò sotto le palpebre pesanti e disse in tono leggero. «Dormirete meglio se aspetto…»

«No. E lo sapete. Ditemelo.»

«Anche se potrebbe farvi passare la notte sveglia?»

«Ma perché dovrebbe farlo? Mi state prendendo in giro!»

«Ricordate che vi avevo avvertito.»

«Lo ricorderò» dichiarò Antonia, risistemandosi tra le sue braccia, con la testa appoggiata alla sua spalla mentre la portava nella loro camera. «Adesso, per favore, cominciate il vostro racconto della buonanotte.»

«Un racconto della buonanotte? Molto bene… avevo cinque anni quando sono stato presentato al Re Sole» le disse, guardando in fondo all'*enfilade* dove due servitori in livrea erano sull'attenti accanto a una porta a due ante, ma ricordando l'immagine di quel giorno di molti anni prima. «Nei giorni prima della mia, ehm, presentazione, mia madre cercò di farmi capire quale grande onore stessi ricevendo. Che dovevo fare il mio migliore inchino al re.»

«Non dubito che abbiate provato più e più volte l'inchino.»

«Sì. Ricordo che ero molto contento di me. Che peccato che la storia non abbia un lieto fine.»

«No?» chiese Antonia, incuriosita.

Il duca l'appoggiò gentilmente sul folto tappeto dentro la loro camera. C'era un bel fuoco nel camino, la foglia d'oro sulla carta da parati e sui mobili scintillava e tutto era bagnato dalla luce morbida delle candele. Il duca continuò a ricordare.

«I miei genitori vivevano nell'era in cui Louis abbagliava tutti quelli davanti a lui. E si aspettavano che anch'io restassi abbagliato.

Dopotutto era il Re Sole, signore di tutto, la maestà ordinata da Dio... Ma io non fui, ehm, *abbagliato*. Potete pensare perché?»

Antonia fu decisa. «Avevate cinque anni. Non molto più di un bambino.» E prendendogli la mano, lo condusse al letto con il baldacchino e le tende di seta. «Mi sorprende che i vostri genitori non prevedessero il risultato di questo fausto incontro tra il figlio di cinque anni e il re del sole!»

Il duca la sollevò appoggiandola al copriletto di seta, tenendo le mani ai lati delle sue gambe. «Che cosa pensate che sia successo? Assecondatemi.»

Lei lo guardò da sotto le ciglia con un sorrisino malizioso. «Sempre.»

Il duca sorrise e si abbassò per baciarla sulle labbra. «Streghetta... Ci asseconderemo a vicenda... Ma prima ditemi come finisce questa storia della buonanotte.»

«Molto bene.»

Antonia scivolò sul copriletto di seta per appoggiare le spalle contro la testiera imbottita, sulla fila di cuscini. Il duca la seguì a letto e si sdraiò davanti a lei, appoggiato a un gomito, senza mai smettere di fissarla. Nei suoi occhi Antonia vide l'incontro degli orgogliosi genitori e il loro figliolo ed erede, con Louis XIV. Vestiti con le loro sete migliori, tra i marmi e gli ori del palazzo di Versailles, la coppia si inchinò e fece la riverenza davanti al monarca più illustre e celebrato in tutto il mondo.

«Eravate un bambino con la testa piena dell'aspettativa di incontrare un essere meraviglioso. Ma mentre i vostri genitori lo ritenevano tale ed era così che tutti a corte vedevano il Re Sole, *voi* avete visto qualcosa di completamente diverso, vero?»

Il duca giocherellò scherzosamente con il piedino nella sua calza di seta. «E che cosa fece il Renard di cinque anni, *ma chérie*?»

«*Le Roi Soleil*, quanti anni aveva a quell'epoca?»

«Settantaquattro.»

«Quindi non avete visto un *le Roi Soleil*, ma un vecchio assurdamente vestito di velluto e sete, con una grande parrucca di capelli di donna, con scarpe rosse dal tacco alto. E quando *Sa Majesté* aprì bocca…? *Ça alors!*» Antonia spalancò gli occhi. «Penso che non avesse nemmeno un dente in bocca, *oui?*» Fece una smorfia. «Che spettacolo, e non è la visione di un bambino di una splendida maestà, giusto?» Poi aggiunse fingendo un'esagerata meraviglia, recitando per il suo pubblico: «Il re per voi era uno degli Oniri! Un incubo che aveva preso vita! Morfeo in forma umana. Ma dato che non avevate ancora imparato la mitologia greca, *Sa Majesté* si presentava come un macabro fenomeno da circo con un piede o tutta una gamba nella fossa. Inoltre, probabilmente le gambe con le scarpe rosse con il tacco alto erano le sole cose rimaste in forma fino alla fine, perché il resto di lui stava marcendo dall'interno!»

Quando il duca ricadde sul letto ridendo, Antonia si affrettò a inginocchiarsi accanto a lui.

«State ridendo di me perché ho descritto le belle gambe e il sorriso sdentato del grande Re Sole» lo rimproverò amorevolmente, con i lunghi capelli che le incorniciavano il volto. «Ma che cosa rappresentavano quelle gambe per voi, un bambino terrorizzato, quando il resto di lui era un tale disastro in decadimento?»

«Non sto ridendo di voi, *ma vie*, ma della vostra descrizione di *Sa Majesté*. E, sì, le sue, ehm, gambe! Avete ragione. Al bambino di cinque anni che ero interessavano poco i muscoli dei polpacci. Lo vedevo esattamente come lo avete descritto: un fenomeno da circo sdentato e con troppi capelli!»

Gli occhi di Antonia si illuminarono aspettando la conclusione. «Avete urlato?»

«Sì, e ho scalciato gli stinchi reali attraverso le gonnelle.»

Antonia restò senza fiato. «*Parbleu, non!* E i vostri genitori sono sicuramente rimasti mortificati.»

«Oltre ogni dire. Non siamo più tornati qui…»

«… a palazzo?»

«In questa villa.»

Gli occhi di Antonia divennero rotondi come piattini mentre si appoggiava ai talloni. Era sbalordita. «*Questa* era la villa dei vostri genitori?»

Il duca si appoggiò nuovamente sul gomito. «Vi stupisce più del Renard di cinque anni che dà un calcio alla bella gamba del Re Sole?»

«Ovvio! Mi avete lasciato scegliere dove vivere e io ho scelto la casa dei vostri genitori? Com'è possibile?»

Il duca giocherellò con una lunga ciocca di capelli colore del miele, avvolgendosela su un dito e disse, pensieroso. «Per amore di correttezza, quest'ala una volta era la villa dei miei genitori. Ho comprato la villa accanto molti anni fa e ho riunito i due edifici…»

«… con la prospettiva di farne una casa?»

«Se devo essere sincero, non so se avessi qualche particolare intenzione a quel tempo, *mignonne*. Volevo solo preservare la casa che conteneva tanti ricordi felici per i miei genitori e, sospetto, anche per me quando portavo ancora le gonnelle.»

Antonia gli chiese timidamente. «E se, e se avessi scelto una delle altre case che mi avete mostrato e non questa?»

«Allora avremmo fatto di quella la nostra casa.»

«Grazie per avermi lasciato scegliere.»

«Grazie a voi per aver scelto questa villa. Ma non sarebbe importato se aveste scelto qualcos'altro» aggiunse dolcemente, «perché la mia casa è dovunque siate voi, *ma vie*.»

Sopraffatta dall'emozione, ad Antonia si strinse la gola e si riempirono gli occhi di lacrime. Tutto ciò che riuscì a fare fu annuire. Si sdraiò accanto a lui, rannicchiandosi contro. Rimasero in silenzio e fermi, felici l'una nelle braccia dell'altro e Antonia disse con un sospiro soddisfatto: «*Monseigneur* anche questo è un segno del destino».

«Davvero?»

«Sì. Ci credo. Dovete crederci anche voi.»

Il duca appoggiò leggermente il mento sulla testa di Antonia. «Comincio a sospettare che voi e le Moire siate complici.»

Antonia ridacchiò. «Oh, lo spero. Ma le ho avvertite di restare lontane dalla nostra camera. Le particolari attenzioni di *Monsieur le Duc* sono mie e viceversa. Siamo legati per sempre.»

A quella dichiarazione, il duca rotolò nel letto finché Antonia non fu sotto di lui, mentre lui appoggiava il proprio peso sugli avambracci. Guardando lo scintillio malizioso nei suoi occhi verdi e il sorriso impertinente, il duca sorrise poi mormorò, prima di baciarla appassionatamente: «*Monsieur le Duc* non accetterebbe niente di diverso».

TREDICI

L ORD VALLENTINE passò un'ora piacevole tirando di scherma con il duca, senza un pensiero agli eventi del giorno precedente. Nel cielo invernale non c'era una nuvola. Il sole brillava. L'aria era frizzante. Il cortile deserto era stato spazzato e avevano sparso segatura per assicurarsi che non ci fosse pericolo di scivolare. E anche se entrambi i gentiluomini erano stanchi, il duca per aver passato il giorno precedente a caccia con il re e Vallentine per aver tirato di scherma per dimostrazione alla *Grande Écurie*, nulla tolse alla loro competitività o alla determinazione di battere l'altro, se non come resistenza fisica almeno come abilità e posizionamento.

Infine entrambi ammisero di essere alla pari almeno in quel combattimento, misero da parte le spade per bere qualcosa, con le ampie camicie bianche umide, i capelli naturali arruffati e una lieve polvere che copriva il luccichio dei loro stivali di pelle nera. I camerieri offrirono boccali di birra leggera, che vennero svuotati in fretta. Lord Vallentine schioccò le labbra con soddisfazione e tese il boccale per farselo riempire di nuovo.

Erano appoggiati al muretto che divideva il cortile dall'orto, stanchi ma rilassati, talmente rilassati che Vallentine si concesse un momento di supponenza. Come sempre quando erano da soli, i due amici parlavano solo in inglese e significava che i camerieri che li stavano servendo non avevano la minima idea di che cosa stessero dicendo.

«Potrò non essere agile come una volta, ma non c'è niente che non funzioni quassù» dichiarò, indicando la tempia con un dito, «quando si tratta di pensare in fretta a *une attaque au fer*! E così ho dimostrato a quei cuccioli presuntuosi che pensavano di potermi battere con un attacco di balestra e costringermi a schivare. Ah!»

«E passa un altro giorno nel quale mantieni il titolo del più grande spadaccino di Francia e Inghilterra. Mi congratulo, Lucian. Non dubito che lo abbiano fatto anche gli allievi della *Grande Écurie*.»

«Come un sol uomo. Hanno dovuto ammettere che non sono una preda facile... non ancora!»

«Bravo. Non una facile preda nella scherma, ma nei tuoi, ehm, *buoni uffici*, forse?»

Lord Vallentine era perplesso. «Ho offerto suggerimenti a un gruppo dei giovani più promettenti ed erano tutti vogliosi di imparare. Nessuno è sembrato dare per scontati i miei consigli...» Guardò turbato gli occhi scuri del suo amico. «Che cosa intendi dire di preciso?»

«Hai trovato il mio biglietto, meglio dovrei dire il biglietto da visita di Montbelliard, sul tuo cuscino ieri sera, altrimenti non saresti stato qui puntuale alle otto questa mattina.»

L'accenno al cavaliere Montbelliard fece fare a Vallentine una risata colpevole. Cercò di non dare importanza alla visita del giovanotto.

«Oh, *quello*. Non sono mai stato più sorpreso in tutta la mia vita di quando il ragazzo è arrivato alla tua porta. Accidenti! Che presunzione! E pensare che ha presentato il suo biglietto da visita pensando che sarebbe stato accettato a braccia aperte, come uno di famiglia!»

«E lo è stato?»

«È stato cosa?»

«Accolto a braccia aperte.»

«Non da me!» sbottò Vallentine e poi aggiunse in fretta quando il duca alzò un sopracciglio con un'espressione interrogativa. «Non intendo dire che sono stato sgarbato. Ma non l'ho nemmeno accolto a braccia aperte. E prima che lo chieda, sono stato l'unico in casa tua a fare la sua conoscenza.»

«Col caffè e i macaron. Che ospite amichevole e previdente.»

«Eh?»

«Sei stato sorpreso dalla visita di Montbelliard. Non gli hai dato il benvenuto, ma appena quel visitatore inaspettato ha messo piede nel mio foyer gli sono stati offerti caffè e macaron. Che avete condiviso.»

«Non è rimasto più di dieci minuti» dichiarò Vallentine, ignorando l'incongruità della sua spiegazione. «E l'ho fatto uscire di qui subito. Beh, appena bevuto una tazza di caffè. Sì. Ma ho pensato che il miglior modo di farlo andare via fosse accettare di accompagnarlo alla *Grande Écurie*, dove avevo comunque intenzione di andare, quindi avere la sua compagnia non è stata un'imposizione.» Aggrottò la fronte. «Ma non gli ho promesso niente!»

«Se promesse sono state fatte, è successo molto prima che si sedesse a bere il caffè e mangiare dolci con te.»

«Eh?»

Il duca fece un respiro profondo. Vedeva che l'amico era sinceramente perplesso, quindi si decise a chiedere. «Come mai Montbelliard aveva l'errata convinzione di essere il benvenuto presentando il suo biglietto da visita alla *mia* porta, il nemico giurato del suo parente più prossimo?»

Lord Vallentine alzò le spalle e fu sincero. «Azzarderei l'ipotesi che abbia a che fare con il fatto che fosse uno dei tuoi parenti Salvan che hanno partecipato a una *soirée* nel salotto della mia cara moglie, la tua carissima sorella. Se ricordo bene, è venuto con la carrozza di una delle vecchie zie... ora, qual era? A sì, *Madame de Chavigny, tante Victoire*. Ha portato con sé il ragazzo ed è andato via con lei.

Mi è stato presentato come cugino Hugh, senza che indicassero un cognome.»

«Astute, le vecchie zie. Ma hanno la loro utilità.» Il duca stava pensando all'imminente presentazione a corte di Antonia. Aveva fatto pressioni sulla sua *tante Victoire* perché uscisse dal suo isolamento e tornasse a corte per il preciso scopo di fare da sponsor a sua moglie. Comunque non riuscì a evitare di sospirare irritato. «Non che il cognome del ragazzo, Montbelliard ti avrebbe detto qualcosa, quindi non so perché le mie zie Salvan abbiano ritenuto necessario nascondere il legame di famiglia. Ti ho interrotto. Stavi dicendo...?»

Lord Vallentine fece spallucce. «Non c'è molto da aggiungere. Ma hai ragione. Non avevo idea di chi fosse il ragazzo, o del suo legame con i Salvan, a parte che faceva in qualche modo parte di quella famiglia. Ma tu hai talmente tanti parenti dal lato francese che era semplicemente uno dei tanti, anche se non mi ha impedito di notare che non assomiglia molto a un Salvan.»

«Perché sua madre era della Guadalupa, nipote del proprietario di una piantagione e di una schiava emancipata.»

«Non lo sapevo, ma sì, spiegherebbe tutto. E immagina la mia sorpresa quando ho scoperto che il ragazzo era il pronipote di Salvan e adesso il suo erede! Ma non mi sorprende che tu lo sappia, anche se non l'hai mai incontrato.»

Quando il duca non commentò immediatamente, lord Vallentine riempì il silenzio chiedendo la giacca. Di colpo aveva freddo, passato il calore dell'esercizio fisico. Il cameriere portò entrambe le giacche e aiutò i nobiluomini a indossarle. Il duca tirò i risvolti della camicia bianca e disse con amara certezza: «I miei parenti francesi si illudono se pensano anche per un solo momento che dimenticherò gli eventi che sono successi a Treat quest'anno».

«Non dovresti, e non dimenticherei nemmeno io!»

«Eppure» aggiunse il duca in tono suadente, «sembrerebbe che l'abbiano fatto, accettando il cavaliere Montbelliard.»

Lord Vallentine era imbarazzato. «Alcuni direbbero che solo perché il ragazzo è il prossimo in linea di successione per ereditare il dannato titolo di Salvan, non significa che sia come lui. E da quanto ho potuto osservare, sembra per quanto è possibile diverso da quella serpe, sia come temperamento sia come aspetto.»

«Sei stato in grado di esaminare il suo carattere e le sue motivazioni dopo averlo osservato in tre occasioni: nel salotto di Estée, nella mia villa col caffè e i macaron. Ah! E durante la visita alla *Grande Écurie*. Applaudo la tua perspicacia, mio caro Lucian».

L'imbarazzo di lord Vallentine aumentò. «Quando la metti così non c'è molto su cui basarsi, eh? Pensi che quel ragazzo sia più di quello che sembra?»

Il duca estrasse la tabacchiera d'oro e smalto e batté il coperchio con un lungo dito, dando un'occhiata di sottecchi al suo amico. «Potrebbe essere esattamente quello che sembra. Non ho ancora scoperto tutto quello che c'è da sapere su Hubert Gabriel Louis Hyacinth Salvan Montbelliard. Ma lo scoprirò. E quando l'avrò fatto, deciderò se piazzarlo in seno alla famiglia o se lasciarlo fuori. Per adesso non posso non tenere in considerazione che possa essere una marionetta e che sia il mio repellente cugino che gli tira i fili, o, se è per quello, che sia chiunque desideri vendicarsi di me per questo, quello o quell'altro.»

«Ah, specialmente per *l'altro*» disse lord Vallentine con una risata. «Ci sono probabilmente troppe *persone* da includere, cuori spezzati e mariti offesi che vorrebbero vendicarsi di te, disposti a usare ogni mezzo a loro disposizione per riuscirci.»

«E che possono arrivare a usare Montbelliard per i loro scopi? Che sia o no un credulone. Sì» disse il duca, per niente turbato dall'affermazione di Vallentine. «Forse hai ragione. Ma stai sicuro che guarderò oltre i miei parenti Salvan, o lui stesso, per assicurarmi di avere una valutazione accurata del *cugino Hugh*.» Aprì il coperchio della tabacchiera, offrì a Vallentine un pizzico di polvere e infilò nella narice una presa di tabacco. «Ha cercato di presentare il suo biglietto da visita alla duchessa?»

«*Aye*. L'ha fatto. Ma lei è stata garbata e ha inviato le sue scuse.»

I lineamenti del duca si addolcirono e sorrise. «Sì, è quello che avrebbe fatto. È saggia.»

«Non farebbe mai niente che andasse contro i tuoi desideri o la tua serenità. Ma lo sai.»

«Sì.»

«Se vuoi la mia opinione…»

«Sempre.»

«Non sono solo i tuoi parenti Salvan e i cuori spezzati che meritano la tua attenzione. Cercherei un colpevole dall'altra parte della Manica, nell'altra branca dell'albero genealogico della tua famiglia, tra i tuoi cugini inglesi che ti augurano più male che bene e che potrebbero tirare i fili. E una in particolare, traboccante di gelosia e dispetto.»

Il duca fece un sorrisino sghembo. «Ti riferisci alla nonna di Antonia, Augusta.»

«Sì, e non ti starei raccontando niente di nuovo dicendo che quella vipera ha una spia in casa tua.»

«Lo sospettavo…» rimuginò il duca. Guardò in faccia Vallentine. «È stata Antonia a dirti che crede sia così?»

«Sì. Non sa ancora chi è, ma è convinta sia una donna.»

Roxton si accigliò ed espresse a voce alta i suoi pensieri. «Mi chiedo perché non me ne abbia parlato…»

«Non vuole scaricarti addosso il problema. Dice che hai abbastanza roba in ballo…» Fu il turno di Vallentine di accigliarsi. «E questo significa condividere una confidenza che preferirei tenessi per te, perché non sarebbe contenta che te l'abbia detto.» Sospirò. «Ma ci sono tanti modi in cui avresti potuto scoprirlo da solo, quindi non mi sento come se avessi *tradito* la sua fiducia.» Quando il duca rimase in silenzio, aggiunse in tono leggero. «Allora che cosa vuoi che faccia riguardo a Montbelliard?»

«Fare? Mio caro Lucian, niente… per ora. Sentiti libero di dargli tutte le lezioni di scherma che vuoi, nello spazio pubblico della *Grande Écurie*. E ti incoraggio a farlo.»

«In modo che possa riferirti ciò che penso del ragazzo?»

«Per darmi la tua sincera, ehm, valutazione. E, col tempo, potrebbe confidarsi con te, mentre non ritengo che lo farebbe con le vecchie zie, o Estée. Voglio sapere perché è così desideroso di fare la conoscenza di Antonia. E finché non saprò se Salvan o chiunque altro, ha un ruolo nelle motivazioni di Montbelliard, non sarà il benvenuto qui o all'Hôtel. Né gli permetterò di avvicinare la duchessa, per nessun motivo. Ho bisogno di sapere che mia moglie e mio figlio sono al sicuro, sempre.» Sorrise a labbra strette. «Estée rinuncerà al piacere della compagnia di quel particolare cugino nel suo salotto o da qualunque altra parte nell'-Hôtel. Lascio che sia tu a riferirle il mio editto…»

«Consideralo fatto!»

Il duca inclinò la testa. «Apprezzo che mi sollevi da ciò che sarebbe stato un, ehm, colloquio ostico con mia sorella. Oh, e sappi che se continuerà a corrispondere con Montbelliard, io continuerò a intercettare e leggere quelle lettere.»

Vallentine non si risentì minimamente di questa sfacciata violazione dell'intimità di sua moglie. In effetti diede il proprio incondizionato supporto ai metodi indiscreti del duca offrendogli un consiglio. «Se vuoi sapere che cosa sta tramando Salvan, faresti meglio a intercettare la corrispondenza di lady Strathsay con la duchessa. Quella donna ha un talento per turbare la ragazza con le sue chiacchiere velenose velate di sincerità smielate.»

«Come sei poetico» rispose il duca, congedando i camerieri. «Sono d'accordo con te. Ma non ti chiederò come fai a sapere…» Fissò sua signoria senza battere le palpebre. «Ciò che voglio che tu sappia è che non ho mai intercettato la tua corrispondenza, né l'ho mai letta. I tuoi segreti sono al sicuro.» Sorrise a labbra strette. «Dio non voglia che mi si accusi di non avere princìpi.»

Lord Vallentine scosse la testa sorridendo.

«Non avevi bisogno di dirlo, ma grazie. Non che ci sia niente nelle mie lettere che valga la pena di leggere. E di certo non ho segreti! Ah! Se li avessi te li rivelerei. Lo sai anche tu, vero?»

«Sì.» Fu la volta del duca di sospirare per poi confessare. «E non intercetto la corrispondenza di mia moglie. Anche lei mi direbbe se c'è qualcosa che vale la pena che sappia.»

«Certo che lo farebbe! Ha a cuore solo il tuo interesse, come ti ho già detto.»

Fece ridere il duca. E non era una risata piacevole.

«Il cuore! Ecco dove c'è la crepa nella mia armatura! Il mio, ehm, tallone d'Achille se preferisci. Una cosa che non pensavo mai di dover sperimentare. Il fato ha cospirato per influenzare un risultato diverso. Ma così sia.» Si schiarì la voce e disse più calmo. «Come marito, non mi prenderò mai la libertà di leggere le lettere di mia moglie senza il suo permesso. Un matrimonio deve basarsi sulla fiducia oltre che sull'amore, se deve prosperare. Eppure, da duca, posso predire con sicurezza che ci sono certi particolari nella sua corrispondenza che mi sta nascondendo, non perché abbia dei segreti, ma perché lei crede sinceramente, come dici tu, di avere a cuore solo il mio interesse.»

«Non farebbe niente intenzionalmente...»

«Lo so!» lo interruppe Roxton reprimendo l'emozione. «So anche che, col tempo, si aprirà completamente con me; che si renderà conto che ci sono casi in cui tenermi all'oscuro perché desidera proteggermi da qualche spiacevolezza può fare più male che bene. Devo essere paziente. E te lo sto confidando perché so che ti coinvolgerà nella sua causa per, ehm, proteggermi, se non l'ha già fatto. E ti mette nella poco invidiabile posizione di trovare un modo per mantenere la parola con *lei*, senza essere sleale con *me*. Dato che sei già uso a farlo con tua moglie, non prevedo che ci saranno problemi.»

Lord Vallentine deglutì e scosse lentamente la testa. Ma perfino quel gesto lo fece sentire un traditore quando pensò alla promessa fatta ad Antonia di non parlare al duca della lettera di Salvan, una lettera che, ne era certo, aveva qualche fondamentale messaggio sottinteso che era vitale per la felicità e la pace mentale del suo amico. Peccato che Antonia l'avesse bruciata, eppure era lieto che l'avesse fatto. Non era in una posizione poco invidiabile, era in una situazione impossibile!

Sul suo volto si leggeva il turbamento interiore perché il duca gli diede una pacca sulla schiena per risvegliarlo dalla trance e disse con un tono di voce completamente diverso, mentre si dirigeva verso il chiostro, con Vallentine che lo seguiva senza rendersene conto. «La colazione ci aspetta. Devi essere affamato. Perfino io trovo di avere un po' d'appetito questa mattina…»

Una volta sulla terrazza, lord Vallentine impedì al duca di entrare appoggiandogli la mano sul braccio. Aveva avuto un'idea su come risolvere il suo dilemma più immediato.

«Pensi che la nonna della ragazza tenga copie di tutta la sua corrispondenza? Per esempio, dici che avrebbe fatto copiare una lettera importante che le avevano chiesto di far pervenire a una sua corrispondente? In modo che anche lei ne avesse una copia.»

«So per certo che lei faceva rimuovere con cura i sigilli di cera per poi farli rimettere sulle lettere che Antonia mi scriveva mentre io ero a Parigi e lei era a Londra. Augusta aveva anche fatto accuratamente copiare ciascuna di quelle lettere.» Il duca sorrise amaramente. «Anche se aveva trattenuto gli originali! Ma adesso ho io anche quelle copie.»

«Non ne dubito! Non ti sfugge niente! E sono lieto di saperlo.» Lord Vallentine lasciò cadere la mano ma gli occhi azzurri restarono fissi sul volto dell'amico. «Vorrei comunque suggerirti, in qualunque modo tu abbia scoperto i metodi che ha adottato quella vipera per mettere le mani sulla corrispondenza di Antonia, di applicare lo stesso stratagemma per scoprire quali altre lettere ha fatto copiare che riguardano la duchessa.» Sbatté gli occhi, aggiungendo con uno sbuffo irritato. «Ma questa volta, come ho detto, non terrà questa corrispondenza nel primo cassetto, se sai che cosa voglio dire…»

«Augusta sta agendo come intermediaria e inoltrando lettere alla duchessa?»

«Non l'ho detto io, l'hai detto tu.»

Il duca inarcò lentamente le sopracciglia scure. «L'hai fatto e ti ringrazio.»

Sua signoria sbuffò mentre seguiva l'amico al caldo nella villa per arrivare alla stanza della colazione. «Non c'è bisogno di ringraziarmi! Sono egoista. Voglio poter appoggiare la testa sul cuscino la sera e fare quello che faccio ogni notte: dormire sapendo che mi sono comportato bene nei confronti tuoi e *suoi*. E quand'è così dormo come un bambino… Che diavolo…!» Sua signoria piroettò sul posto, con il mento puntato verso il soffitto, sentendo l'inesplicabile rimbombo di passi che diventava una cacofonia di pianto. «Buon Dio! Che… Che cosa sta succedendo di sopra?»

Tranquillo e per nulla sorpreso, il duca andò alla console e si versò con calma una tazza di caffè. «Quello, mio caro Lucian, è un assaggio del tuo futuro. Chiunque abbia coniato la frase impropria *dormir comme un bébé* dovrebbe essere impiccato!»

QUATTORDICI

DOPO LA COLAZIONE, Antonia stava passando la maggior parte della giornata con le sue sarte parigine e un piccolo esercito di assistenti che le stavano prendendo le misure per il suo abito di corte. Erano arrivate con pezze di velluto nero (dato che la corte era ancora in lusso per la Delfina), taffetà di seta bianca e biancheria finissima, rotoli di nastri di satin e pizzo pregiatissimo. Armate di nastri per misurare, forbici e gesso e centinaia di spilli, cominciarono a drappeggiare, puntare, cucire e tagliare i lussuosi tessuti per adattare perfettamente il corsetto della nobile cliente e sopra i grandi *pannier*, obbligatori per gli abiti di corte.

Con la sua duchessa convenientemente occupata, il duca fu in grado di mettere in atto i piani che aveva già fatto con la governante per festeggiare il compleanno di Antonia, il giorno seguente.

Il salottino appena fuori dalla sala da pranzo fu decorato con un'abbondanza di fiori di serra colorati in vasi cinesi e di porcellana su piedestalli decorati. E anche la sala da pranzo annessa. E quando uno dei regali di compleanno della duchessa arrivò da Parigi in una grande cassa di legno, la governante assicurò il suo nobile datore di lavoro che avrebbero fatto ogni sforzo per nasconderlo. Il regalo sarebbe stato disimballato e messo in un angolo della sala da pranzo, coperto con un telo, intorno avrebbero messo dei paraventi, a loro volta nascosti da composizioni floreali. In questo modo, se la duchessa fosse per caso entrata in quella stanza prima del suo compleanno, i fiori sarebbero stati una distrazione sufficiente e non avrebbe fatto caso al regalo nascosto.

Nella sala da pranzo, il candelaio del duca e i suoi assistenti avevano abbassato il lampadario ed erano intenti a lucidare il cristallo e a inserire bianche candele di cera d'api di Trudon, mentre dal lungo tavolo di mogano avevano tolto due prolunghe in modo che potesse accogliere quattro persone, comode ma vicine. Il tavolo era comunque grande a sufficienza per accogliere un delicato centrotavola d'argento e diversi cestini di porcellana di Sèvres pieni di composizioni colorate di fiori di pasta di zucchero creati dal pasticcere del duca. E a ogni posto c'erano le posate d'argento, i cristalli e le porcellane necessari per un'esperienza culinaria sontuosa.

Mentre tutti i preparativi continuavano sotto l'occhio esperto del sotto-maggiordomo, il duca gironzolava, facendo roteare l'occhialino appeso al cordoncino di seta, ascoltando la governante con un occhio al costante flusso di camerieri e cameriere che venivano e andavano. Soddisfatto che tutto rispettasse le sue aspettative, fece un'ulteriore richiesta: che la culla del figlio sul suo piedestallo fosse messa accanto alla sedia della duchessa, per permettere alla piccola signoria di unirsi ai festeggiamenti.

Poi il duca si ritirò nella biblioteca dove trovò lord Vallentine spaparanzato che leggeva i giornali inglesi. La loro solitudine durò appena un'ora, quando fu disturbata da un domestico cui era stato chiesto dal maggiordomo di informare il loro padrone quando la carrozza fosse tornata da Parigi.

Il domestico lo fece e, quando glielo chiese, rispose al suo padrone che dalla grande carrozza, sotto la *porte cochère*, era sceso un nutrito complemento di occupanti: il valletto di *Monsieur le Duc*, il capo dei vice-valletti di *Monsieur le Duc* e il sarto parigino di *Monsieur le Duc* con due dei suoi assistenti. Seguiva la carrozza un carretto tirato da un cavallo che portava dozzine di pezze di tessuti vari richiesti dal sarto di *Monsieur le Duc*, unitamente ai bagagli dei viaggiatori e due servitori in livrea che non assomigliavano a niente che questo domestico avesse mai visto prima.

Quando lord Vallentine gli chiese di spiegarsi, il servitore fece un verso nervoso e spalancò gli occhi, come se temesse che non gli avrebbero creduto. Disse che i due uomini avevano le dimensioni di orsi del circo e sembravano altrettanto feroci ed erano arrivati per servire qualunque cosa ci fosse nella grande cassa di legno che era arrivata prima e che adesso era coperta da un telo in sala da pranzo.

Lord Vallentine era sul punto di chiedere altre spiegazioni quando il duca congedò con un cenno il servitore, senza accennare a essere sorpreso né fare commenti su ciò che era stato detto. Poi mise da parte il proprio giornale e si alzò, scusandosi con lord Vallentine per il disturbo. Sua signoria doveva lasciare la biblioteca perché il duca aveva la pressante necessità di conversare con il suo valletto. Vallentine dispiegò le lunghe gambe, alzandosi dalla poltrona bergère e se ne andò cortesemente senza dire altro, chiedendosi in privato che cosa avesse fatto il valletto per essere convocato in biblioteca. Era lieto di non essere lui quello soggetto al rimprovero; la conversazione riguardo al cavaliere Montbelliard era già stata abbastanza imbarazzante, e provava una viva simpatia per Ellicott.

Da solo, il duca chiese il caffè. Mentre aspettava l'arrivo del suo valletto, passò il tempo a leggere e a rispondere alla pila di corrispondenza che si era accumulata sulla sua scrivania.

❦

MARTIN ELLICOTT ENTRÒ nella biblioteca un'ora dopo il suo ritorno alla villa dal palazzo di Parigi del duca, con un aspetto meno stropicciato di quando era sceso dalla carrozza sotto la *porte-cochère*. Aveva sentito il bisogno di cambiarsi d'abito, buttarsi un po' d'acqua in faccia e pettinarsi. Stare stretto in carrozza con altri quattro lo aveva stremato. Non che avesse l'abitudine di chiacchierare a vanvera con chiunque, men che meno con altri servitori e mercanti. E di certo non aveva dato a questi uomini spiegazione alcuna sul perché il duca avesse chiesto che lo accompagnassero alla villa, semplicemente perché non ne aveva idea.

Aveva ricacciato in fondo alla mente la sua completa ignoranza mentre era occupato all'Hôtel. Ma adesso, mentre attraversava il folto tappeto senza fare rumore portando il *portefeuille* di marocchino rosso che l'avevano mandato a prendere, sentì una fitta di tensione. Sentì rizzarsi i peli sulla nuca. Non ricordava quand'era l'ultima volta in cui l'avevano convocato nelle stanze pubbliche usate dalla famiglia del duca e dai suoi ospiti, in nessuna delle sue case. Era una prima volta ed essere fuori dal proprio ambiente lo turbava profondamente.

E quando il duca continuò a leggere le sue lettere senza sollevare gli occhi e alzò appena la mano libera per indicare un gruppo di sedie e poltrone, non di fronte alla scrivania, ma accanto al camino, il valletto non seppe se lasciare il *portefeuille* sulla scrivania o portarlo con sé. Parecchi secondi di indecisione e poi decise di tenerlo con sé. E restò lì, con la schiena diritta e in silenzio, il mento parallelo al tappeto, e fissò le fiamme, senza guardarsi attorno, o guardare la scrivania del duca o nessuno degli scaffali alti fino al soffitto, o il panorama del viale bordato di alberi oltre le portefinestre.

Dato che era abituato ad aspettare, restare in silenzio e vigile, e parlare solo quando gli rivolgevano la parola, non gli venne assolutamente in mente di sedersi. Notò che sul tavolo al centro di questo gruppo di sedie e poltrone c'era un vassoio con un servizio da caffè di porcellana con accanto una pesante caffettiera d'argento sul suo piedestallo. Ma notò anche l'assenza di servitori. Il domestico che gli aveva aperto la porta era rimasto fuori nel corridoio. E mentre il maggiordomo aveva ovviamente da fare altrove, c'era sempre un sotto-maggiordomo o un servitore di rango presente per soddisfare i bisogni del loro padrone. Martin Ellicott immaginò che la causa del ridotto numero di servitori fosse che il duca e la duchessa al momento risiedevano nella villa e non c'era semplicemente lo spazio sufficiente per accogliere il normale esercito di servitori che occupavano l'Hôtel e, in Inghilterra, la tenuta di Treat.

E mentre restava in silenzio e aspettava, il frangente in cui si trovava lo colpì come una mazzata al petto. Era da solo con il duca. Si sentiva stupido e imbarazzato per la sua reazione a quella nuova esperienza perché, nel suo ruolo di valletto, aveva passato due decenni a essere spesso da solo e vicinissimo al suo nobile datore di lavoro, nell'intimità del suo spogliatoio o nelle altre stanze dei suoi appartamenti privati. Era lì che le sue capacità e perizia erano richieste e apprezzate. Ma restare da solo in una stanza pubblica non aveva precedenti e aumentò il suo nervosismo e, ironicamente per lui, lo faceva sembrare molto più personale e intimo di ognuna delle stanze private che facevano parte del suo dominio, visto che era il servitore più prossimo al suo padrone.

Come doveva comportarsi? Che cosa doveva dire? *Perché era lì?*

E poi il duca parlò, ponendo fine alle sue elucubrazioni mentali e aumentando mille volte la sua apprensione.

«Sedetevi, Martin... Caffè?»

Il valletto quasi svenne.

⚜

«Sedetevi» gli ordinò il duca quando Martin Ellicott continuò a restare lì in piedi, guardandolo con gli occhi sbarrati.

Quando, dopo l'ordine, Martin fece ciò che gli era stato detto, appollaiandosi precariamente sul bordo del cuscino della poltrona bergère più vicina, con i tacchi e le ginocchia uniti, la schiena diritta come un fuso, lo sguardo rispettosamente abbassato sul pavimento e il *portefeuille* in grembo, Roxton sospirò tra sé e sé. Non a causa delle azioni del suo valletto, si era aspettato questa reazione, e la domanda sul caffè era stata una canzonatura evidente, ma perché sapeva che quella conversazione sarebbe stata difficile, per entrambi.

Era il motivo per cui l'aveva rimandata. Ma non poteva più farlo perché il compleanno di Antonia era il giorno dopo ed era deciso che, quel giorno, tutto fosse perfetto per lei. E se sarebbe stato un successo dipendeva dal risultato di quel colloquio, in parte conversazione, in parte confessione, non sapeva esattamente come definirlo. Tutto ciò che sapeva di certo era che dovevano superarlo per arrivare al risultato desiderato, per tutti quelli interessati. Ciò che Martin Ellicott non sapeva, ma che, al contrario, sapevano perfettamente il duca e la duchessa, era che da quel giorno in poi la vita del suo valletto non sarebbe più stata la stessa.

Avere il controllo in ogni situazione era il forte del duca.

Non era stato così quando da ragazzo era stato tolto a forza a sua madre per vivere con suo nonno. Il quarto duca era, senza discussioni, un mostro senza cuore la cui crudeltà aveva spezzato il suo spirito. Il vecchio era anche quasi riuscito a spezzare la sua mente, *quasi*, se non fosse stato per il ragazzo che aveva rischiato la sua stessa vita per entrare di nascosto nella sua stanza col favore delle tenebre. Quel ragazzo gli aveva mostrato gentilezza e amicizia ed era stato l'unico contatto umano con il mondo esterno in quel primo anno rinchiuso nella campagna inglese, una terra e gente che per lui erano estranei come gli abitanti della luna.

Quel ragazzo era Martin Ellicott e il duca sapeva che senza Martin sarebbe caduto in una depressione dalla quale avrebbe potuto non riprendersi più. Avrebbe sicuramente perso qualunque traccia di umanità che gli era rimasta dagli anni passati con i suoi adorati e adoranti genitori. Solo per quello aveva un enorme debito con lui. E c'era un altro enorme debito, perché era stato Martin che si era messo in pericolo per salvare da un pazzo Antonia e il loro bambino non ancora nato.

Ricordare il nonno ducale e quegli anni sotto il suo regime tirannico lo turbava. E quindi aveva passato la vita dopo la morte di quell'uomo senza mai pensare a lui. Quanto alla minaccia alla vita di Antonia e Julian, quell'orrore inimmaginabile era ancora abbastanza fresco che riusciva a malapena a parlarne. Adesso doveva parlare di entrambe le cose, per il bene di Martin Ellicott. Ed egoisticamente, per il proprio bene, sperava che così si sarebbe finalmente liberato dei propri demoni.

Erano quelli i suoi pensieri mentre versava il caffè in due ciotole, in una delle quali mise lo zucchero, porgendola poi a Martin che la guardò senza prenderla perché non sapeva che cosa farne. Non aveva mai mangiato né bevuto una goccia di qualunque cosa alla presenza del suo padrone.

«Nero con una zolletta, è così che preferite il caffè, vero?» chiese il duca in inglese. Quando il valletto riuscì solo ad annuire, con le dita talmente strette intorno al *portefeuille* che si vedeva il bianco delle nocche, il duca appoggiò la tazza col piattino sul tavolino accanto al gomito di Martin. «Allora vi piacerà.»

Il duca allargò le falde della redingote di velluto e si sedette dal lato opposto. Guardando sopra il bordo della tazza di caffè si chiese se non fosse stato un errore portar via l'uomo dal suo ambiente così all'improvviso. Sembrava un pesce fuor d'acqua, ansante per l'incertezza e il dubbio. Ma sapeva che se Martin Ellicott doveva imparare a respirare facilmente nell'atmosfera rarefatta abitata da membri e amici della famiglia Roxton, avrebbe dovuto accogliere i cambiamenti e le loro conseguenze il più in fretta possibile.

Comunque non riuscì a resistere a stuzzicarlo ancora un po'. Dopotutto Martin non aveva idea di che cosa lo aspettava e si considerava ancora il suo valletto. E se provava nausea ed era a disagio semplicemente essendo nella biblioteca, il duca non vedeva l'ora di osservare come avrebbe affrontato ciò che lui gli avrebbe offerto. Poi gli fece una domanda che sapeva avrebbe ottenuto la sua completa attenzione, facendogli ignorare ciò che lo circondava.

«Avete portato con voi George Geraghty?» gli chiese in tono discorsivo, appoggiando la tazza sul piattino.

Martin Ellicott allentò la presa sul *portefeuille* di pelle rossa e si sedette più eretto, se possibile. «Sì, Vostra Grazia.»

«E, secondo voi, Geraghty ha dimostrato il suo valore come vostro sostituto?»

«Sì, Vostra Grazia. Ha superato le mie aspettative. Sarà un ottimo valletto per qualche personaggio di alto rango.»

Il duca si finse preoccupato. «Ma sembrate, ehm, scontento di lui.»

«Assolutamente no, Vostra Grazia.»

Il duca ridacchiò. «Ah, capisco. Non scontento di *lui*, ma di *me*, per avervelo fatto portare qua.»

«Vostra Grazia, io…»

«Fra un attimo sarà tutto chiaro. Per ora, dovrete continuare ad agitarvi ancora per un po'.» Il duca bevve un sorso di caffè, poi disse con un sorriso a labbra strette. «Sono contento che la vostra valutazione di Geraghty corrisponda alla mia. Ha superato anche le mie aspettative. Ed è la riconferma della vostra cura nell'insegnargli, per prepararlo al suo futuro di valletto di un *personaggio di alto rango.*»

«Sono lieto di sentirlo, Vostra Grazia.»

«È immensamente soddisfacente che, come voi, Geraghty non *si agiti.*»

«No, Vostra Grazia.»

«E gli altri che erano in carrozza con voi, sono venuti senza, ehm, piagnucolare?»

«Ovviamente. Quando *Monsieur le Duc* richiede i servizi del suo sarto, lui obbedisce senza porsi domande.»

Il duca sorrise. «Naturalmente. E adesso non solo vi state chiedendo perché George Geraghty è qui, ma volete anche chiedermi perché ho bisogno del mio sarto e dei suoi assistenti visto che avete provveduto a portare un guardaroba più che adeguato dal mio spogliatoio all'Hôtel? Anche questo sarà chiarito a tempo debito. E *Madame*, vi ha caricato con un fascio di lettere?»

«Come avevate previsto che avrebbe fatto, Vostra Grazia. Non uno ma due. E mi sono stati sbattuti contro con minacce alla mia persona se non li avessi consegnati secondo le sue istruzioni. Mi sono preso la libertà di mettere le lettere nel *portefeuille.*»

«Che cosa dovete sopportare, tutto in nome dell'armonia domestica!»

Il duca mise da parte la tazza e tese la mano per avere il *portefeuille*. Se lo mise sulle ginocchia e aprì il lembo. «Ovviamente non vi siete preso la libertà di, ehm, dare un'occhiata a che cos'altro c'era nel *portefeuille*?» Quando non ci fu risposta, alzò gli occhi in tempo per vedere Martin che stringeva le labbra. Fece un sorrisino sghembo. «Naturalmente no, altrimenti non sareste seduto lì a chiedervi che cosa sta succedendo, lasciando raffreddare il caffè.» E con quel commento criptico tolse i due fasci di lettere legati con un nastro rosa e li lasciò cadere ai suoi piedi accanto alla poltrona. «Mi piacerebbe moltissimo gettarle nel fuoco. Ma mi tratterrò… Ricordatemi dopodomani, visto che non ho intenzione di rovinare il compleanno della duchessa, che sono arrivate delle lettere da mia sorella ed entrambi rimarremo adeguatamente sorpresi.»

«Sì, Vostra Grazia, non lo dimenticherò.»

«So che non lo dimenticherete» fu la risposta, questa volta senza artifizio e accompagnata da un raro sincero sorriso. Quando il valletto si affrettò a prendere la tazza di caffè, il duca ridacchiò. «Povero me, Martin. Sono sempre stato un tale severo tiranno che una parola gentile e un sorriso bastano a sconvolgervi?»

Martin scosse vigorosamente la testa. «No-no, Vostra Grazia. È solo che non ho idea del perché io sia qui o che cosa vogliate da me o che cosa posso aver fatto per-per dispiacervi. Così sono-sono… *inquieto*.»

«Non ne dubito» rispose il duca. Frugò dentro il *portefeuille* e, soddisfatto che tutto fosse in ordine, chiuse il lembo e lo infilò tra il bracciolo e la sua gamba. Poi si appoggiò allo schienale con un'espressione difficile da leggere. Ciò che disse poi non solo sorprese il valletto, ma lo turbò ancora di più. «Vi ricordate quando sono arrivato a Treat la prima volta?»

«Scusate, Vostra Grazia?»

«Avete sentito bene. Avevo giurato di non parlare mai di quel tempo, ma…» Alzò una mano, sospirando. «Eppure eccoci qua. Quindi, lo ricordate o no?»

«Sì, Vostra Grazia. Come se fosse ieri.»

Il duca fu sorpreso. «Davvero? Perché?»

«Perché lo ricordo in modo così preciso?»

«Sì, pensavo che, come me, lo trovaste troppo inquietante per ricordarlo.»

Martin Ellicott sorrise timidamente. Non riuscì a evitarlo. «Posso parlare francamente, Vostra Grazia?»

«Sarei deluso se non lo faceste.»

«Capisco perché *voi* vorreste dimenticare quel giorno, in effetti perché vorreste dimenticare quegli anni… Ma io? Il vostro arrivo alla tenuta fu l'evento più memorabile della mia breve vita. Avevo solo otto anni. E quindi si incise nella mia mente.»

«Mi dispiace sentirlo.»

«Chiedo scusa, Vostra Grazia. Non c'è niente di cui scusarsi. Non intendevo dire che fu memorabile perché fu angosciante. Non lo è stato… per me.»

«Non lo sapevo… già, ma non vi ho mai chiesto di quel giorno né di quei tempi. È stato negligente da parte mia. Vorreste assecondare la mia curiosità e dirmi perché fu così memorabile per voi?»

Il valletto permise al suo sguardo di fissarsi per un attimo sugli occhi scuri del duca. «Non avevo mai incontrato qualcuno come voi. Né ho mai incontrato un vostro uguale da allora. Spero che questa ammissione non vi offenda.»

«Nemmeno lontanamente» sbuffò il duca. «Ma non spiega la natura sconvolgente che il mio arrivo sembra avere avuto su di voi. A meno che fu perché era la prima volta in cui vedevate un essere che somigliava più a una bestia ferita che a un ragazzo, selvaggio, trascurato e incapace di nascondere il suo terrore…?» Cercò di apparire indifferente. «Senza dubbio i miei urli terrorizzati a pieni polmoni nella mia lingua natia furono… ehm, indimenticabili.»

Martin Ellicott restò serio, con lo sguardo abbassato sulla fibbia incrostata di diamanti della scarpa destra del suo padrone mentre riandava mentalmente a quel giorno.

«Ero l'unico bambino in quella casa e dato che non mi era permesso gironzolare e ai bambini era proibito entrare nella tenuta, se vedevo un mio simile, era solo da lontano.» Riportò lo sguardo sul volto del duca e osò permettersi un piccolo sorriso. «Quindi, a prescindere da come apparivate al vostro arrivo, o se sembravate o meno spaventoso, fui contentissimo del vostro arrivo.»

Il duca si spostò agitato sulla poltrona. «Eppure non vi ho trattato per niente... *bene.*»

«Mi avete trattato esattamente come ci si poteva aspettare... con sospetto. Perché avreste dovuto accettare gentilezza da un estraneo quando il sangue del vostro sangue, vostro nonno, vi trattava in modo ignobile?»

Ci fu un momento di silenzio quando tutto ciò che sentirono fu il ticchettio dell'orologio sulla mensola e poi il duca parlò e con una voce che Martin aveva sentito raramente; l'angoscia strettamente controllata gli fece stringere la gola.

«Il duca, mio nonno, era uno vecchio spietato e disgraziato, capace di... capace di grande crudeltà. Fare ciò che fece a un ragazzo che non aveva ancora dodici anni... Non l'avrei creduto possibile se non fossi stato io quel ragazzo.»

«Vostra Grazia, perdonate la mia franchezza, ma il vecchio duca trattava i suoi cavalli e i suoi cani meglio di come trattava voi!» dichiarò furioso il valletto. «Quel primo anno pensavamo che sarebbe riuscito a uccidervi.»

A quelle parole il duca scosse la testa e sorrise, con quel suo sorriso sghembo. Tornarono le sue vecchie maniere.

«Uccidermi? No. Era deciso a farmi, ehm, soffrire. Ma non desiderava che morissi. Con la morte prematura di mio padre, ero diventato il suo unico erede. Se fossi morto anch'io, avrebbe significato la fine del ducato di Roxton. E il vecchio aveva riversato troppa della sua ricchezza in quel monolite di casa per vederlo disperdere tra lontani parenti. Ma fece del suo meglio per uccidere il sangue francese che avevo in me quando mi rifiutavo di parlare in una lingua che non fosse quella di mia madre...»

«Come potevate parlare in altro modo, se non conoscevate l'inglese?»

«È quello che avevate pensato? No. Capivo la lingua. Mio padre mi parlava in inglese. Ero solo recalcitrante.» Aggrottò la fronte, perplesso. «Ma voi eravate francese. O almeno lo era vostra madre. Come faceva il vecchio duca a non saperlo?»

«Erano i genitori di mia madre a essere francesi. Mio padre le aveva fatto promettere di parlare la sua lingua natia solo nell'intimità delle nostre stanze. Sapeva che il vecchio duca odiava tutto ciò che era francese perché sua signoria vostro padre era rimasto a Parigi e si rifiutava di tornare in Inghilterra. Quindi avevamo nascosto i nostri legami con la Francia.»

«Eppure avete rischiato di farvi scoprire, non solo entrando di nascosto nella mia stanza chiusa attraverso il nascondiglio del prete ma anche conversando con me in francese. Fu coraggioso da parte vostra e dei vostri genitori. Se vi avessero scoperto non dubito che il vecchio avrebbe buttato fuori tutti e tre, e senza le referenze necessarie per ottenere un altro impiego.»

Martin Ellicott sorrise. «Se avessi saputo che capivate l'inglese avrei potuto tenere nascoste anche a voi le mie capacità linguistiche, ma non lo sapevo. Pensavo che se vi avessi parlato nella vostra lingua avreste capito che ero un amico e non un nemico.»

Il duca si tolse un pelucco invisibile dal ginocchio e disse, con la voce nuovamente roca. «Ricordo… Ricordo che cercavate di fare amicizia con me e consolarmi. Sono stato un miserabile, irriconoscente e scontroso. Preferivo restare nella miseria.»

«Vostro padre era morto di recente ed eravate stato strappato da vostra madre. E vostro nonno vi aveva rinchiuso senza mai mostrare un grammo di compassione. Il vostro dolore e la vostra paura erano comprensibili.»

«Ciò che ricordo in modo particolare è la vostra insistenza che fingessi di compiacere mio nonno. Che se mi fossi comportato come se fossi su un palcoscenico, la mia vita sarebbe stata più facile.»

«Ripetevo ciò che i miei genitori mi dicevano di consigliarvi. Non capivo esattamente che cosa intendessero dire.»

«Io schernivo il vostro suggerimento. Io, un Salvan, figlio del marchese di Alston dovevo abbassarmi a comportarmi come… ehm, un comune attore, uomini che si guadagnavano da vivere mentendo? Anche allora, un ragazzetto, pieno di dolore, ero così maledettamente arrogante! Ma ricordo anche ciò che diceste che mi fece infine accettare il vostro suggerimento.»

«E fu?»

«Che il vecchio duca non meritava di conoscere i miei veri sentimenti e i miei pensieri, che avrei dovuto dirgli ciò che si aspettava di sentire e niente di più.»

«Ed era ancora una volta il suggerimento dei miei genitori. Mia madre me l'aveva fatto ripetere più volte in modo da assicurarsi che ripetessi parola per parola ciò che mi aveva detto.»

«Vostra madre era una donna saggia. Quello per me fu il momento decisivo.»

«Per decidere di diventare un attore, Vostra Grazia?»

«Un ottimo attore, Martin. Nascondere i miei pensieri e i miei sentimenti al mondo divenne il mio modo di vivere, un modo per sopravvivere alla miseria della mia esistenza. Divenni così bravo che non sapevo nemmeno più quando non avevo bisogno di recitare. E, in parte, recito da allora.» Il duca sorrise a un pensiero intimo. «La duchessa mi dice che ho fatto un lavoro talmente egregio per nascondermi dietro una maschera che sono riuscito a nascondere i miei sentimenti anche a me stesso! E ha ragione.» Perse il sorriso e fissò Martin Ellicott. «Non ho mai espresso la mia gratitudine nei vostri confronti, né in quelli dei vostri genitori per-per ciò che avete fatto per alleviare la mia solitudine e le mie sofferenze durante quel primo anno in Inghilterra.»

«Forse non a parole, Vostra Grazia. Ma l'avete fatto con le vostre azioni.»

«Come?»

«Non ricordate la promessa che mi avete fatto parecchi mesi dopo la vostra incarcerazione, quella di farmi diventare un giorno il vostro valletto?»

«Mentre ero ancora rinchiuso? Presumevo che avessi fatto quella promessa molto più tardi, prima di andare a Oxford con lord Vallentine.»

«Al ritorno dai vostri studi universitari divenni il vostro valletto, è vero. Ma la promessa era stata fatta molto prima.»

«Mi piacerebbe sentire come è nata quella promessa.»

Martin Ellicott fece un elegante cenno con la testa acquiescendo alla richiesta.

«Fu alla fine dei vostri primi sei mesi alla tenuta, e per premiarvi di aver parlato solo inglese con i vostri sorveglianti, vi erano stati permessi acqua calda e indumenti puliti. Era l'ultima notte nella vostra vecchia stanza. Il giorno dopo sareste stato spostato nel vostro appartamento dall'altra parte della casa. E significava niente più visite da parte mia attraverso il nascondiglio del prete. Ci fu una cena speciale preparata da mia madre e alla fine faceste un discorso formale...»

Il valletto sorrise e scosse la testa a quel ricordo e poi continuò, con un'occhiata al duca che lo stava fissando rapito.

«Annunciaste che per i miei servigi al marchese di Alston, che mi diceste essere voi, anche se lo sapevo già perché a tutti era stato ordinato di chiamarvi Alston, e per i miei saggi consigli, voi dichiaravate che quando sareste diventato *Monsieur le Duc de Roxton*, è così che vi definivate anche allora, mi avreste consacrato vostro valletto...»

«*Consacrato*? Sicuramente intendevo dire nominato?»

«Era quello che intendevate. Ma a me non importava. Consacrato o nominato, io fui adeguatamente impressionato. Specialmente perché avevate fatto quella dichiarazione, potete credermi, è la verità, in piedi su uno sgabello, con me in ginocchio con la testa china davanti a voi, un manico di scopa al posto della spada posato sulla mia spalla...»

Il duca scoppiò a ridere. «L'ho veramente fatto, per Dio! Che spavalderia per un piccolo disgraziato con i capelli aggrovigliati e stracci indosso! Mi rispecchia, quindi vi credo. Vorrei solo ricordarmelo.»

Martin rimase imperterrito. «L'intera cerimonia fece ovviamente un'impressione maggiore su di me che su di voi, Vostra Grazia. In particolar modo la parte nella quale mi assicuraste che quando foste scappato da Treat sareste tornato un giorno per salvarmi…»

«… come un cavaliere d'altri tempi!? Avevo intenzione di tornare con un esercito di devoti seguaci alle spalle?»

«Avete mantenuto la vostra parola. Siete tornato, non con un esercito, ma con un devoto seguace, lord Vallentine. E avete fatto di me il vostro valletto. Me, il figlio di una donna di casa e di un maggiordomo, che fino a quel momento era stato solo un domestico di basso rango.»

«Ho fatto di voi un mio servitore personale, Martin. Non significa proprio salvarvi.»

«Perdonatemi, Vostra Grazia. Ma per quanto mi riguarda è stato un salvataggio. Ero diventato il valletto di un duca e non di un duca qualsiasi, ma del primo duca d'Inghilterra. Ed è un grande onore. E da allora non mi è mai mancato nulla. Con voi ho viaggiato per tutta l'Europa, a Levante e oltre. Godo della vostra fiducia e anche quello è un onore, perché non vi fidate di molta gente. Ho condotto una vita incantata. Non cambierei nemmeno un giorno. Nemmeno uno. È stato un privilegio e un piacere non solo servirvi, Vostra Grazia, ma conoscervi.»

«Non merito proprio la vostra devozione, Martin» rispose il duca sbuffando imbarazzato davanti a quell'aperta venerazione. «Ma mi fa piacere che non abbiate rimpianti. Anche se rende tanto più difficile ciò che sto per obbligarvi ad accettare.» Il duca sospirò, allungò le gambe e riprese il *portefeuille* in grembo. «Avrei dovuto farlo tanto tempo fa. La verità è, e voi lo sapete meglio di chiunque altro, che sono una creatura egoista e abitudinaria. Non riesco a immaginare che qualcun altro prenda il vostro posto. Ma il nostro mondo, come lo conoscevano, è stato capovolto quasi esattamente dodici mesi fa, vero? E le nostre vite non sono più state le stesse da allora.» Si permise di sorridere. «E non vorrei che fossero diverse. Ritengo che anche voi la pensiate così…»

«Con tutto il cuore, Vostra Grazia!» lo interruppe entusiasticamente Martin ed emise inconsciamente un sospiro di contentezza. «La duchessa ha portato il sole nelle nostre vite e la sua piccola signoria ha fatto uscire le stelle.»

«Proprio così» mormorò il duca, per nulla sorpreso dalla reazione colma di gioia del suo valletto e stranamente colpito. Tanto che gli ci volle un momento per riprendersi, frugando nel *portefeuille* ed estraendo parecchi documenti che appoggiò sopra, prima di dire tranquillamente: «La duchessa aveva un solo desiderio per il suo compleanno e sono deciso che le sarà concesso».

Appoggiò di piatto la mano sui documenti e guardò il suo valletto che stava ancora sorridendo. Sapeva che le sue prossime parole avrebbero fatto sparire quel sorriso, ma dovevano essere dette.

«Martin, è ora che cessiate di essere il mio valletto.»

QUINDICI

I L SORRISO DI Martin Ellicott svanì e il suo volto perse il colore. Deglutì e si sforzò di restare calmo.

«George Geraghty… Geraghty è qui per sostituirmi?»

«Come valletto? Sì. Ma…»

Martin Ellicott balzò in piedi. «Capisco.» Fece un inchino formale, poi si fece forza per guardare il duca in faccia. «Non c'è bisogno che diciate altro, Vostra Grazia. Io…»

«Non capite.»

«… farò sempre tesoro dei miei anni con voi.»

«Volete lasciarmi?»

«Cos… no! Sì! Se è ciò che voi desiderate.»

«Perché dovrei volerlo?»

Martin Ellicott aggrottò la fronte. «Ma… Vostra Grazia! Mi avete sostituito con George Geraghty.»

«Sì, ma questo non risponde alla mia domanda sul perché volete andarvene.»

«Devo! Non posso restare!»

«Perché no?»

Martin Ellicott si chiese perché il duca lo stesse stuzzicando, e oltre quanto era tollerabile. Un minuto prima stavano ricordando le esperienze condivise da ragazzi e subito dopo gli aveva detto di averlo sostituito come valletto. E adesso gli stava chiedendo perché volesse lasciare il suo impiego. Che era l'ultima cosa che avrebbe mai sognato di fare. Si sentiva perso.

«Per favore, permettetemi di andarmene con un po' di dignità intatta.»

«Ma io non voglio che ve ne andiate, Martin. Con o senza la vostra dignità.»

«No? Io-io non capisco. Pensavo fosse perché sono diventato un imbarazzo.»

«Imbarazzo?» Il duca era incuriosito. Si appoggiò allo schienale e chiese: «Spiegatevi».

Il valletto deglutì e si strofinò le mani. Rendendosi conto di avere il palmo sudato, mise le mani dietro la schiena e alzò la testa.

«Sapete che non è mia abitudine notare o commentare i pettegolezzi del piano di sotto, a meno che Vostra Grazia me lo chieda espressamente. E ho sempre mantenuto le distanze dal resto del personale, come è indicato per qualcuno nella mia posizione. Ho insistito che George Geraghty lo capisse. Posso assicurarvi, Vostra Grazia, che oltre a essere un ottimo valletto, Geraghty è una persona eccezionalmente circospetta, che sta per conto suo. Potete fidarvi della sua assoluta discrezione e inequivocabile lealtà.»

«Venendo da voi è veramente un grande elogio. Non l'avrei scelto altrimenti.»

Le narici di Martin Ellicott tremarono. «Lui lo sa?»

«Sì, certo.» Il duca non riuscì a trattenere un sorrisino sghembo. «Una piccola prova… e sarete lieto di sapere che il vostro allievo non mi ha deluso…»

«… perché non ha lasciato intendere che mi stavate sostituendo con lui?»

Il duca inclinò la testa. «Dovevo assicurarmi che fosse all'altezza delle mie aspettative e… delle vostre. Ma mi stavate parlando del vostro imbarazzo?»

«Scusate. Non tanto il mio imbarazzo, ma il vostro, Vostra Grazia. Tra i servitori dei piani alti ci sono quelli che disapprovano che io abbia l'onore di essere il padrino della sua piccola signoria.»

«E perché dovrebbe procurare imbarazzo a voi o a me?»

Martin Ellicott non nascose un sorriso ironico. «Non conosco nessun altro servitore, da entrambe le parti della Manica, che abbia ricevuto lo speciale onore di essere nominato padrino del figlio di un nobile, men che meno dell'erede di un ducato, e voi?»

«E allora? Non mi interessa un fico secco che cosa pensano gli altri. E voi lo sapete meglio di chiunque altro.»

«Lord Vallentine come padrino è comprensibile. È il vostro miglior amico e vostro cognato. Sarà un conte, un giorno, ed è lo spadaccino *par excellence*. Mentre io-io, vengo da gente umile e sono un-un valletto e io…»

«Credo fosse Cicerone a dire, e non credo di ripeterlo parola per parola, che i nostri caratteri non sono formati dal sangue dei nostri antenati, ma dalle circostanze che formano le nostre abitudini e dalle quali siamo nutriti e secondo le quali viviamo.» Il duca alzò una mano. «Siete nato nella tenuta. I vostri genitori erano grandi lavoratori, gente d'onore, che insegnavano con l'esempio. Voglio che anche mio figlio impari dall'esempio. Mi avete servito lealmente per quasi vent'anni. Avete salvato la vita di mia moglie e di mio figlio, mettendo in pericolo la vostra per farlo. Siete il migliore degli uomini, Martin. Per quanto riguarda la duchessa e me, questo vi rende assolutamente qualificato per essere il padrino di Julian.»

«Grazie, grazie Vostra Grazia» mormorò Martin Ellicott, talmente sopraffatto che gli tremavano le labbra e dovette abbassare gli occhi sul tappeto perché non riusciva a vedere attraverso il velo di lacrime improvvise. Sospirò profondamente e cercò di scappare prima di cadere a pezzi. «Se volete… se volete scusarmi, Vostra Grazia. Devo fare le valigie.»

«Le valigie?»

«Vorrete che tolga i miei effetti personali e liberi la mia stanza appena possibile, in modo che Geraghty…»

«Non è importante. Ciò che...»

«Ma non voglio essere d'ingombro quando lui...»

«Martin, vi ho detto che non voglio che ve ne andiate.»

«Mi dispiace, Vostra Grazia. Devo. Non posso restare. Non ho più un impiego nella vostra casa. E in questo momento devo, devo decidere che cosa fare e dove e ho bisogno di essere da solo per-per...»

Il duca lo guardò severo. «*Sedetevi!*»

I glutei di Martin Ellicott tornarono sul cuscino della poltrona, ma non riuscì a sollevare il mento dal petto.

«Perché avete immediatamente presunto di dovervene andare? O che desiderassi sostituirvi?» chiese il duca con un sospiro irritato.

Il valletto sbatté gli occhi, con le lacrime che cadevano sui pantaloni di lana nera, e si asciugò in fretta gli occhi con fazzoletto di lino pulito. «Ma-ma mi avete sostituito, Vostra Grazia.»

Il duca alzò gli occhi al soffitto affrescato e ringoiò una replica. Facendo un respiro profondo, disse a Martin Ellicott di guardarlo. E quando il valletto lo fece, il duca lo fissò negli occhi pieni di lacrime e disse, con gelido ritegno: «Non crediate che questo colloquio sia più facile per me... Come vi ho detto, sono mesi che rimando. Ma eccoci qua. E il corso del nostro futuro è già stato deciso; quindi il tempo per le discussioni è passato da un pezzo. Adesso dobbiamo continuare in modo da tornare a una sembianza di regolarità. Se devo essere franco, questo botta e risposta continuo è stancante. Quindi mi farete la cortesia di ascoltarmi senza interrompermi. Quando avrò finito, avrete l'opportunità di parlare liberamente, come vorrete, e senza scusarvi. Dopotutto, non siete più il mio valletto, ma... uhm, indipendente...»

Quando il duca smise di parlare, aspettando l'assenso di Martin Ellicott, il valletto non sapeva se avesse o meno il permesso di parlare. Tenne le labbra strette e annuì vigorosamente.

«Da oggi, Geraghty sarà il mio valletto» dichiarò il duca. «È un piccolo sommovimento nell'armonia domestica delle mie case, anche se sono stato rassicurato da Geraghty stesso che causerà un disturbo minimo per tutti quelli coinvolti, principalmente per me.» Il duca sorrise. «Dati gli sconvolgimenti monumentali che abbiamo sperimentato negli ultimi dodici mesi, questo non è niente. Ma per voi? La vostra vita, Martin, sta per essere stravolta. Ma siatene certo, mentre avete potuto essere sostituito come valletto, *voi* non potete essere sostituito. La duchessa mi dice che siete *insostituibile*. Io sono d'accordo con lei.»

Martin Ellicott spalancò gli occhi, restando a bocca aperta.

«Bene. Senza parole *e* con le orecchie ben aperte!» esclamò il duca. «Non ci sarà bisogno che mi ripeta. E non dubito che ci vorrà del tempo per elaborare fino in fondo ciò che sto per dirvi. Queste sono copie dei documenti in mano ai miei avvocati, firmati da me» aggiunse, con le lunghe dita sulle carte sopra il *portefeuille*. «Sono per voi, e da leggere più tardi, con calma. Su questi documenti ci sono le disposizioni per la vostra liquidazione, in mancanza di un termine migliore. Non ci sono condizioni. Tutto ciò che dovrete fare in cambio sarà accettare con grazia questa nuova vita e, oso dirlo, godervela.» Fece un sorrisino. «Sono sicuro che vi stiate chiedendo perché lo sto facendo in questo particolare momento? Semplicemente perché domani è il compleanno della duchessa e questa nuova vita in cui vi state imbarcando è l'unico regalo che mi ha chiesto.

«Quindi tocca a me consigliarvi nel modo più insistente possibile di accettare la nuova vita, se non volete deludere *lei*.» Il duca sogghignò e scosse la testa a un ricordo, prima di tossire nel pugno e continuare. «La duchessa ha alzato un metaforico occhialino e mi ha fatto vedere ciò che era già evidente: che da quando avevo dodici anni voi siete stato l'unica costante nella mia vita, la persona di cui mi posso fidare, sopra tutti gli altri. Ha citato le parole di Montaigne, che pochi sono ammirati dai loro servitori. Eppure il fatto che *voi* mi stimate ancora, voi, un uomo di saldi principi e di valore che è stato il mio valletto per quasi la metà della mia vita, mi ha detto la duchessa, era un onore fatto a *me*… Tenace e veritiera, Martin. La duchessa è così.» Sbuffò bonariamente. «E per questo siamo tutti migliori, vero? Quindi lasciate che vi dica che cosa c'è in questi documenti… Ah! Ma prima forse un'altra tazza di caffè vi farebbe tornare un po' di colore sulle guance…?»

Martin Ellicott balzò in piedi con l'intenzione di versare il caffè per il duca, ma era così stordito che quasi ricadde in avanti. Si afferrò in fretta allo schienale della poltrona, chiuse gli occhi e fece un respiro profondo. Quando riuscì a rimettersi in piedi diritto, il duca era accanto all'urna d'argento e stava versando il caffè in due tazze pulite.

Ne mise una sul suo piattino e l'appoggiò sul tavolo accanto alla poltrona di Martin Ellicott, poi gli disse di sedersi e bere. Bevve il suo caffè vicino all'urna, controllando Martin, poi tornò alla poltrona. Lasciò il *portefeuille* e i documenti appoggiati alla gamba della poltrona. Li conosceva parola per parola, avendoli ripassati più volte con i suoi avvocati, con il suo uomo d'affari e con Antonia. E adesso restava solo da informare Martin Ellicott.

Aspettò che Martin avesse appoggiato la tazza vuota e si fosse nuovamente appollaiato nel suo solito modo sul cuscino, temendo che se avesse parlato mentre stava ancora bevendo, Martin avrebbe potuto sputacchiare il caffè sull'immacolato gilè di lino per la sorpresa di scoprire ciò che gli stavano elargendo. Il duca arrivò diritto al punto.

«Martin, ho fatto di voi un gentiluomo di mezzi. Riceverete mille sterline all'anno a vita, oltre a una somma per il vestiario e l'uso di un piccolo appartamento in ciascuna delle mie case, che potrà accomodare voi e un servitore. E quando sentirete il bisogno di un po' di tregua dalla vita di famiglia, ho messo a vostra disposizione Moran Hall. È una graziosa villa in stile Regina Anna, alla periferia di Bath, nel Somersetshire. Vi è stata affittata a vita per una somma infima. Il questo momento stanno restaurando la casa e provvedendo a nuovi mobili. Ci sono degli affittuari nei terreni circostanti e i loro affitti e il reddito dai raccolti sono sufficienti per la manutenzione ordinaria della casa, dei giardini e del parco in cui è immersa. Mi dicono che dalla casa si gode un bel panorama sulle colline e i boschi. Eventuali interventi straordinari di riparazione saranno a

carico del mio ducato e il mio uomo d'affari manderà un suo rappresentante due volte l'anno per controllare lo stato della proprietà.

«Ci sono altri particolari riguardo a Moran Hall, e informazioni
finanziarie sul pagamento della vostra annualità, ma non serve scendere nei dettagli in questo momento. Leggete i documenti e se
trovate qualcosa che non vi sembra corretto, dovrete solo dirmelo.
Ah! Prima che mi dimentichi. Mentre il mio sarto è qui per prendermi le misure per un completo a lutto per la corte, gli ho dato
istruzioni di prendervi le misure per diversi abiti, una dozzina di
camicie e quant'altro vi necessiterà. *Monsieur* è stato fin troppo lieto
di assecondarmi. Ovviamente nessuna di queste creazioni sartoriali
sarà pronta per il compleanno della duchessa. Ma non dubito che
abbiate almeno una redingote elegante nel vostro guardaroba, da
indossare a cena.»

Quando Martin Ellicott fissò il duca come in uno stato confusio-
nale, incapace di parlare, di muoversi e di capire fino in fondo cosa
gli stessero concedendo, il duca sorrise comprensivo.

«È tanto da digerire, vero? Senza dubbio avrete bisogno di, ehm,
dormirci su. E onde evitare di pensare che le vostre mutate circostanze siano state immaginate in un fantastico sogno, vi suggerisco di
tenere questi documenti a portata di mano. E siate sicuro che
qualunque cosa decidiate di fare con il resto della vostra vita, da
gentiluomo di mezzi, restare a far parte della mia famiglia o andarvene per continuare la vostra vita altrove, sarete sempre il benvenuto
quando tornerete a trovarci. E se ci lascerete, mi aspetterò almeno
una corrispondenza regolare. Antonia non vi perdonerebbe mai se
non mandaste una lettera ogni tanto chiedendo del vostro figlioccio.
Ma deciderete voi...»

«Restare!» esclamò in fretta Martin. Deglutì, il suo sorriso
tremava un po'. «Vostra Grazia, io voglio... Vostra Grazia, io voglio
veramente restare. Voi, la duchessa, la piccola signoria, perfino lord
Vallentine e *Madame*, perdonate la mia presunzione, ma vi ho
sempre considerati tutti come la mia-la mia... *famiglia.*»

Il duca raccolse i documenti e il *portefeuille* e si alzò in piedi.

«Allora è deciso. Resterete, come membro riconosciuto della mia famiglia. La duchessa ne sarà entusiasta.»

Ritrovando l'uso delle gambe, anche Martin Ellicott si alzò in piedi. «Io non so-non so che cosa dire. Come ringraziarvi…»

Il duca gli porse i documenti con un sorriso ironico. «Forse dovrete rimandare i vostri ringraziamenti finché non vi sarete sistemato nel vostro nuovo ruolo. E non dubito che ci saranno adeguamenti da fare da entrambe le parti. Forse finirete per maledirmi invece di ringraziarmi.»

Martin sbatté gli occhi. «Chiedo scusa, Vostra Grazia. Non capisco come sarebbe possibile.»

Il duca sbuffò ridendo. «Certo che non lo capite! Perché dovreste? Avete passato la vita in servizio, con un impiego pagato. E io vi ho metaforicamente tolto il tappeto da sotto i piedi facendo di voi un gentiluomo! Adesso dovrete affrontare tutto ciò che tutti noi affrontiamo e che è certamente un fardello che la maggior parte dei miei pari, se non tutti, sopportano.»

«E qual è, Vostra Grazia?»

«Senza un'occupazione, senza la necessità di guadagnarvi da vivere e con i mezzi per assumere altri per svolgere anche i compiti più umili, avrete più tempo libero di cui non saprete che cosa fare. Come riempirete le vostre giornate?»

Martin non ne aveva idea. Non gli era mai passato per la mente perché non si era mai aspettato di trovarsi in una posizione simile. Il duca aveva ragione. Aveva sempre qualche compito da svolgere e non c'erano mai state ore sufficienti in una giornata. Era sul punto di fare un commento, quando l'attenzione del duca fu attirata dall'aprirsi della porta nella libreria che portava agli appartamenti privati al piano di sopra.

La duchessa sporse la testa dalla tromba delle scale.

VEDENDO CHE IL duca e Martin Ellicott erano da soli, Antonia sorrise al marito prima di sparire nell'alcova. Un momento dopo, una cameriera spalancò la porta e la duchessa uscì, drappeggiata in strati di velluto nero appuntati su un corpetto scollato sopra una sottile *chemise* e sottogonne di seta nera, tutto tenuto insieme da una moltitudine di spilli che scintillavano come centinaia di piccole stelle alla luce delle candele.

Attraversò il tappeto, a piedi scalzi, con la sua cameriera personale e una delle cucitrici che la seguivano da vicino, portando tra di loro quella che appariva come una nuvola nera. Stavano facendo del loro meglio per tenere in alto sopra il pavimento le lunghe pieghe dello strascico di velluto, restando il più vicino possibile alla duchessa in modo che l'imbastitura e gli spilli non si staccassero. Entrambe le donne erano così intente al loro compito che non avevano idea della smorfia sul loro viso, risultato delle aspettative della sarta, che le aveva minacciate di morte se anche un solo spillo si fosse staccato, dopo tutte quelle ore di lavoro minuzioso.

Antonia non pensava minimamente a tutto questo, oppure, se mai se ne rendeva conto, non lo riteneva sufficientemente importante da badarvi. Tutto ciò che contava era il risultato del colloquio del duca con Martin.

Con alle spalle una vita passata a mostrare discrezione e a sapere come leggere la situazione, Martin si era spostato di qualche metro verso il fondo della biblioteca appena Antonia era apparsa fuori dalla tromba delle scale, permettendole di parlare in privato con suo marito.

«Prima che lo diciate» annunciò, cadendo tra le braccia del duca, «lo so! Sono svestita e i capelli sono un disastro da tutto quel mettere e togliere. Vi dico, Renard, spero che questa sia l'unica presentazione a corte che dovrò fare in tutta la mia vita! I cerchi sono talmente, assurdamente ampi che non ho la minima idea di come potrò entrare in carrozza per arrivare al palazzo. Scendere poi…! Ma sono sicura che avrete già pensato a tutto. Quindi non mi preoccuperò. Per ora ho fatto togliere i cerchi alle mie donne perché, altrimenti, come avrei potuto usare le scale?» Gli sorrise maliziosa e disse a voce bassa. «Penso che *Madame* Claude sia furiosa con me per averla lasciata mentre stava appuntando il tessuto. Quindi forse dovrete pagarla un po' di più per addolcire la pillola.»

«Lo farò se necessario. Ma la signora è già riccamente compensata dal fatto di avere *Madame la Duchesse* di Roxton come cliente. E quando la corte vi vedrà con il vostro elegante vestito, avrà più ordini di quanti potrà mai soddisfare.» Abbassò per un attimo lo sguardo sulla sezione di corpetto immediatamente sotto il solco tra i seni. «Presumo che la scollatura sia un po' meno profonda quando c'è la pettorina, *mignonne*?»

Antonia abbassò il mento per ispezionare il seno che traboccava dal corpetto scollato e poi alzò gli occhi su di lui e fece spallucce. «*Madame* Claude dice che ora è di moda che le dame di corte mostrino il seno praticamente nudo…»

«Il vostro lo sarà di sicuro se farete la riverenza con quello!»

Antonia ridacchiò e il duca le fece l'occhiolino, poi ebbero lo stesso pensiero e restarono in silenzio quando si resero conto che non erano completamente da soli. Che mentre si potevano aspettare che i loro servitori fingessero di esser sordi quando scherzavano tra di loro nell'intimità del loro appartamento, non potevano aspettarsi la stessa cosa dai loro amici e dalla famiglia, ed erano giustamente circospetti quando erano in loro compagnia. E mentre il duca sentì una fitta di imbarazzo a questo errore, la reazione di Antonia fu completamente diversa perché significava una cosa sola.

Guardò Martin con un grande sorriso un po' ansioso e poi tornò a guardare il duca. «Gliel'avete detto e Martin ha detto sì, vero?»

«L'ho fatto e sì, ha accettato, *ma vie*.»

«*Bon*.» Antonia fece un cenno a Martin e sussurrò al duca mentre veniva verso di loro: «Ma non sembra per niente contento».

«È più che felice, è stordito. Voi avete messo sottosopra la sua vita, *ma belle*.»

Gli occhi verdi di Antonia scintillarono mentre sorrideva dolcemente. «È un mio speciale talento, vero?»

Il duca le baciò la tempia. «Sì.»

Antonia si staccò dalle braccia del duca e andò incontro a Martin che si stava avvicinando a loro, con le due donne che si affrettavano a seguirla.

«Sono venuta appena ho potuto quando ho saputo che eravate tornato dall'Hôtel. Come potevo aspettare un altro momento per vedere se voi e *Monsieur le Duc* avevate parlato? Ma queste prove sono veramente stancanti e quindi sono qui mezza svestita e me ne scuso perché questa è una fausta occasione per tutti noi, vero?»

Martin Ellicott la fissò, incapace di pronunciare una singola frase coerente che potesse adeguatamente spiegare i suoi sentimenti e l'evento. Sopraffatto, le spalle si scossero e Martin si passò una mano sulla bocca tenendola ferma lì per paura di scoppiare a piangere.

Antonia gli baciò impulsivamente la guancia. «Sono sicurissima che *Monseigneur* vi abbia detto tutto ciò che c'era da dire, ma io voglio aggiungere quanto sono felice, quanto *voi* avete reso felici entrambi noi.»

Il bacio di Antonia riscosse Martin dallo stordimento. Sorridendo timidamente, le prese le mani che lei gli tendeva. «*Madame la Duchesse*, non so come… come potrò mai dirvi…» Diede un'occhiata al duca prima di guardare la duchessa nei suoi begli occhi e dire, dopo aver fatto un respiro profondo: «Non riuscirò mai ad esprimere in modo soddisfacente la profondità del mio amore e della mia gratitudine per voi e *Monsieur le Duc*. Essere accolto come un membro della vostra famiglia è-è veramente indescrivibile».

«Ma, Martin» ribatté la duchessa, «siete il padrino di mio figlio, *n'est-ce pas*? Dopo suo padre e suo zio, non c'è uomo migliore di voi che possa offrire protezione e guida a mio figlio.» Gli baciò prima una guancia e poi l'altra. «Benvenuto in famiglia *mon très cher ami*.» Poi gli lasciò andare le mani e tornò tra le braccia del duca. Sorrise a suo marito. «Grazie per aver realizzato il desiderio che avevo espresso per il mio compleanno, *mon amour*.» E, stringendosi nelle spalle estasiata e afferrandogli le mani, dichiarò felicissima a entrambi: «Adesso so che domani sarà un giorno meraviglioso!»

SEDICI

L A MATTINA DEL compleanno di Antonia cominciò pacificamente con il duca e la duchessa che facevano colazione sul tardi nel loro appartamento. Bevvero cioccolata calda a letto, con il figlioletto che dormiva profondamente in mezzo a loro.

La notte precedente non era stata così pacifica. Nelle prime ore, il loro bebè si era svegliato a disagio e niente di quello che avevano cercato di fare le balie di Morvan o le altre donne nella nursery era riuscito a confortarlo. Era seguita una discussione tra la prima bambinaia e le balie e si erano formati due schieramenti. La bambinaia a capo della nursery aveva accusato una delle balie di Morvan di aver consumato troppo cavolo a cena e l'altra di aver bevuto troppo caffè, contaminando il loro latte, che a sua volta aveva procurato una colica al bambino. Era forse una meraviglia che la piccola signoria fosse a disagio? Entrambe le balie si erano sentite offese da quell'accusa e a loro volta avevano accusato la capo-bambinaia di essere gelosa. Lei, una parigina, non aveva mai approvato le provinciali di Morvan e aveva fatto di tutto per far sentire sgraditi loro e i loro bambini.

La loro discussione aveva svegliato altri neonati e bimbetti e molto presto il pianto e le urla avevano fatto correre alla galleria della nursery il domestico di guardia di notte, temendo che ci fosse un incendio o che qualcuno fosse entrato di nascosto o che comunque qualche disastro avesse causato una tale cacofonia. E poi era arrivata la governante, seguita dal maggiordomo, entrambi con la cuffia da notte e gli occhi assonnati, e la loro preoccupazione si era trasformata presto in rabbia.

Infine lord Vallentine era arrivato al centro dello scontro nella nursery, in camicia da notte e pantofole di marocchino, con la cuffia da notte di traverso. Strizzando gli occhi nella luce scarsa, con un candelabro tenuto in alto per vederci meglio, aveva chiesto e poi tuonato, pretendendo il silenzio. Tutti nella stanza si erano fermati, tranne i bebè e i bambini che avevano continuato a piangere e frignare, obbligando sua signoria a continuare a urlare per farsi sentire.

Aveva ordinato che il nipotino urlante fosse immediatamente portato alla sua *maman*. Era ovvio che l'unica persona che poteva porre fine a quell'incubo era *Madame la Duchesse*. Non gli interessava chi avrebbe svegliato la coppia ducale alle tre del mattino, non sarebbe certamente stato lui. Poi aveva lasciato che ci pensasse il maggiordomo a riportare la pace tra il personale e se ne era andato, imprecando sottovoce e mormorando che se le sue notti di sonno ininterrotto erano numerate, se le sarebbe godute fino all'ultima, dormendo.

E ora, con il sole del tardo mattino che illuminava il tappeto della stanza, Antonia sorseggiava la sua cioccolata e guardava il bambino dalle guance rosa che dormiva il sonno degli angeli. Ma non stava pensando a suo figlio o al suo compleanno odierno, ma a quello dell'anno prima. Sospirò soddisfatta.

«A quest'ora, l'anno scorso, ero già sveglia da un po', vestita, e aspettavo che tornaste dalla vostra cavalcata per portarmi a fare una gita. Ricordate?» Distolse lo sguardo da suo figlio per porgere la tazza vuota al duca e lo guardò attraversare la stanza a piedi nudi per appoggiare il vassoio con il necessario per la cioccolata sul sedile sotto la finestra. «Siamo andati a visitare una *fête* e lì abbiamo incontrato un gruppo di anziani gentiluomini veneziani.»

«Non sapevo che foste già alzata e che mi steste aspettando, *ma petite*. Ma sì, ricordo la *fête* e i veneziani. Abbiamo parlato con loro nella loro lingua, cosa che li ha grandemente impressionati. So che erano tutti affascinati da voi, *ma vie*. Abbiamo passato una giornata molto piacevole, vero?»

«È stato il compleanno più meraviglioso che avessi mai festeggiato, fino a oggi.»

Il duca tornò a letto e le sorrise. «Allora devo assicurarmi che oggi sia all'altezza delle aspettative.»

Antonia gli tese la mano e il duca le prese le dita per baciarle.

«Ma come sarebbe possibile che oggi non fosse perfetto, quando ho voi e Julian?»

«Forse alcune ore in più di sonno ininterrotto lo avrebbero reso migliore» ribatté il duca, con un occhio al suo erede. «Dite che potremmo osare spostarlo?»

Antonia ridacchiò. «Il nostro regime è andato all'aria la notte scorsa, vero?»

«Sì. E so per certo chi è responsabile. Non succederà di nuovo... Ora mi devo vestire. Ho alcune cose di cui occuparmi prima di poter passare il resto della giornata con voi.»

IL DUCA STAVA APPONENDO il sigillo sulla seconda di due lettere, con un servitore al suo fianco, quando un trambusto oltre la porta della biblioteca lo bloccò, con il sigillo ducale sospeso sopra un grumo di cera rossa calda. Quando le porte restarono chiuse, premette il suo stemma nella cera, poi mise da parte il sigillo d'oro. Agitò la lettera sigillata come fosse un ventaglio e, soddisfatto che la cera si fosse raffreddata, consegnò la corrispondenza al servitore.

«La lettera per lord Shrewsbury deve essere consegnata dal mio corriere più fidato. Quella per lady Strathsay può essere inviata per i normali canali.»

Congedò il servitore e osservò la porta che si chiudeva con un sorrisino soddisfatto. Nella sua lettera a Edward, lord Shrewsbury, capo dello spionaggio inglese, nonché vecchio amico dai tempi di Eton, aveva praticamente accusato sua cugina, Augusta Strathsay di essere una spia al soldo dei francesi. Aveva menzionato la sua corrispondenza con il conte di Salvan e fatto vaghi riferimenti alla sua regolare corrispondenza con individui appartenenti al governo francese. Sarebbe bastato perché Shrewsbury le scatenasse addosso i suoi segugi! Aveva fatto in modo che ogni lettera che Augusta inviava o riceveva sarebbe stata aperta, letta, copiata e nuovamente sigillata prima di essere inoltrata, ritardando in modo considerevole la sua posta.

E lei avrebbe saputo che le sue lettere erano aperte e lette dall'ufficio del capo dello spionaggio inglese perché, per amore di equità e perché voleva irritarla, nella sua lettera indirizzata ad Augusta le aveva detto esattamente che cosa aveva fatto.

Così avrebbe imparato a intromettersi nelle faccende della sua casa e fare del suo meglio per mettere zizzania. Ora gli restava solo da scoprire chi, tra i suoi servitori, era pagato da Augusta per essere i suoi occhi e le sue orecchie. Stava rimuginando sui possibili sospetti quando la porta si spalancò di colpo, tanto che le ante sbatterono contro le librerie, riscuotendolo dalle sue riflessioni.

Continuando a restare seduto dietro la sua scrivania, osservò con interesse due servitori, sotto la direzione del portiere, che lottavano per prendere il controllo di un giovanotto con una testa piena di stretti riccioli neri, che stava cercando di fare del suo meglio per liberarsi senza usare eccessiva forza. Il duca indovinò immediatamente l'identità dell'estraneo ma rimase impassibile aspettando che lo spettacolo finisse.

I due servitori finalmente riuscirono a prendere il controllo del giovane, afferrandolo sotto le ascelle e sollevandolo dal pavimento. E si sarebbero voltati portandolo fuori dalla stanza se non fosse stato per un segnale quasi impercettibile del duca rivolto al portiere. Con uno schiocco delle dita e una parola, il portiere ordinò ai domestici di lasciar cadere l'intruso e farsi indietro.

Guardandosi intorno e rendendosi conto che non lo trattenevano più, il giovane si spazzolò le maniche della redingote di lana e cercò di sistemarsi la cravatta stropicciata, prima di avvicinarsi con disinvoltura alla scrivania e fare al duca un magnifico inchino.

«Non intendevo disturbarvi, *Monsieur le Duc...*»

Il duca lo interruppe.

«Non mi disturbate, *Monsieur* Montbelliard. Ma avete disturbato il mio personale. La colpa ricade sui miei servitori incompetenti, che avrebbero dovuto fermarvi alla *porte-cochère*. Fuori!» ringhiò al portiere.

Roxton non sapeva perché avesse permesso alla rabbia di prevalere; forse era la mancanza di sonno dopo una notte passata con un bambino che frignava. O c'era la possibilità che fosse perché non aveva la minima idea del motivo per cui questo giovanotto aveva deciso di infestare la sua casa e, ancora più importante, fosse così deciso a farsi conoscere dalla duchessa. Gli piaceva avere sempre il controllo della situazione. E questa volta non era così. Non aveva idea delle motivazioni di Montbelliard, se veramente ci fosse qualcosa di sinistro dietro le sue azioni, e non gli era chiaro se suo cugino Salvan stesse in qualche modo influenzando il giovane. Entrambe le alternative lo turbavano più di quanto avrebbero dovuto. Ma era il giorno del compleanno di Antonia e quindi non il momento giusto per interrogarsi su quello o qualunque altra cosa. Quindi non lo avrebbe fatto. Avrebbe affrontato quel mistero un altro giorno. Per ora, voleva che Montbelliard se ne andasse, prima che ci fosse la possibilità che sua moglie lo incontrasse per caso.

Non offrì al giovane di sedersi e restò seduto alla propria scrivania.

«Non sono disponibile per i visitatori. Ma dato che siete arrivato fin qua, vi farò la cortesia di lasciarvi dichiarare il motivo della vostra visita.»

«Grazie, *Monsieur le Duc*. Mi chiedo se posso avere il vostro permesso di tornare un giorno in cui sarete disponibile…»

«Una domanda cui avrebbe potuto rispondere il mio portiere, senza che diventaste una seccatura, entrando a forza.»

«Chiedo scusa, *Monsieur le Duc*, non desideravo creare un disturbo. Ma il vostro portiere non ha voluto ascoltare la mia semplice richiesta, quindi io…»

«Risparmiatemi i dettagli insignificanti» disse il duca. «Pensate forse che perché abbiamo un, ehm, legame familiare, voi abbiate il diritto di entrare in casa mia e arrivare alla mia presenza?»

«No, *Monsieur le Duc*. Per niente al mondo vi imporrei la mia presenza. E anche se sono onorato di fare finalmente la vostra conoscenza, per breve che sarà questo colloquio, non siete voi che mi avete portato qui in questa particolare giornata.»

«Nemmeno lord Vallentine è disponibile per gli ospiti, oggi.»

«Il motivo per cui sono qui oggi è il compleanno di *Madame la Duchesse de Roxton*.»

Il duca si mise eretto, sbalordito. «Voi sapete che oggi è il compleanno di mia moglie?»

«Sì, *Monsieur le Duc*.» Il cavaliere inserì la mano in una tasca profonda della redingote e dopo qualche manovra ne tolse un pacchetto, legato con un nastro di satin. Si avvicinò alla scrivania. «Ho un piccolo regalo per *Madame la Duchesse*.»

Il duca era inorridito. Fissò il pacchetto come se fosse una fiala di veleno e gli avessero detto di berlo. «Mi rifiuto di riceverlo. Mettetelo via immediatamente!»

Sapeva di essere irrazionale, che il buco che sentiva nello stomaco era ridicolo, ma per la prima volta in vita sua si sentiva *vulnerabile*. Ci volle solo un momento per rendersi conto da dove era venuta quella reazione. Quante volte aveva fatto la stessa cosa? Arrivare a casa di un altro uomo con un regalo per la moglie sconsolata, parte del rituale di seduzione.

Ma non era mai stato abbastanza ingenuo, sciocco o maleducato, da avvicinare il marito con il dono! Le sue relazioni erano sempre state con mogli che ricevevano volentieri le sue avance. Mogli con mariti indifferenti, i cui matrimoni erano unioni senza amore per avvantaggiare politicamente o finanziariamente le loro famiglie. Ciascuna delle parti dell'accordo conosceva le regole d'onore. Ma il suo matrimonio era tutt'altro, una cosa così estranea alla maggior parte dei suoi pari che perfino ora, dieci mesi dopo lo scambio di voti tra lui e Antonia, molti erano ancora sbalorditi e increduli che si fosse sposato per un motivo e solo quello: per amore. Era fuori di dubbio.

Era certo che Montbelliard lo sapesse, o forse pensava che essendo *Monsieur le Duc* innamorato di sua moglie, avesse perso il giudizio e di conseguenza avesse abbassato la guardia? O forse qualcun altro, Salvan, l'aveva indotto a pensarlo. A prescindere dai pensieri e dalle motivazioni del cavaliere, e se il conte di Salvan fosse o meno implicato, Roxton non era pronto a trattare lui o il regalo con nient'altro che disprezzo.

Il duca si alzò e i due servitori si avvicinarono. «*Monsieur*, questo colloquio è finito.»

Il cavaliere sembrò confermare la valutazione che il duca aveva fatto di lui quando non si scusò immediatamente e non si tirò indietro con un inchino. Il cavaliere Montbelliard rimase dov'era, affiancato dai servitori in livrea.

«Mi scuso mille volte, *Monsieur le Duc*, ma *Madame de Chavigny* mi ha chiesto di consegnare il regalo a *Madame la Duchesse de Roxton*.»

Alla menzione del nome della zia, il duca fermò i servitori.

«Questo regalo... viene da lei?»

«Non lo so, *Monsieur le Duc*.»

«*Madame de Chavigny* non ha detto che il regalo era suo?»

«No, *Monsieur le Duc*.»

«Continuate.»

«C'è poco altro da dire. Quando ho riferito a *Madame de*

Chavigny che sarei tornato a Versailles nella speranza di avere un colloquio con i maestri della *Grande Écurie*, mi ha chiesto di renderle questo piccolo servizio: consegnare qui il pacchetto, a *Madame la Duchesse*, e il giorno del suo compleanno. Era il meno che potessi fare per lei, dopo tutte le sue gentilezze.»

La spiegazione del cavaliere era plausibile e anche se fece rallentare il cuore del duca sapere che il regalo non veniva personalmente dal cavaliere, non sopì il suo sospetto che il conte di Salvan fosse in qualche modo coinvolto. Dopotutto, *Madame de Chavigny* era zia sia sua sia del conte e quella vecchia despota si lasciava influenzare facilmente. Nonostante il suo comportamento ripugnante nei confronti di Antonia e il seguente esilio nella sua tenuta, il conte era ancora il capo della famiglia Salvan e questo aveva un'enorme importanza per le vecchie zie. Sapeva che se suo cugino, il conte, avesse detto "saltate", loro lo avrebbero fatto e senza fare domande.

Roxton sapeva anche con amara certezza che al momento aveva bisogno di *Madame de Chavigny*, la sua *Tante Victoire*, più di quanto lei avesse bisogno di lui. L'etichetta di corte richiedeva che solo una nobildonna di impeccabile virtù potesse fare da sponsor per una donna che desiderasse essere presentata ufficialmente alle Loro Maestà. E la zia del duca era una di quelle rare donne, una devota cattolica che era stata una moglie fedele e madre di più di una dozzina di figli, due dei quali erano vescovi; un'altra, una suora, era la badessa di un convento per giovani donne aristocratiche. E un'altra figlia aveva l'onore di essere una delle dame di compagnia dell'attuale regina.

La data della presentazione a corte di Antonia non sarebbe mai arrivata abbastanza presto. Una volta che quell'assurdo rituale fosse stato alle loro spalle, lui e Antonia avrebbero potuto continuare la loro vita, senza interferenze e senza che fosse necessaria l'approvazione da parte dei parenti Salvan, dalle vecchie zie a questo ragazzotto sicuro di sé davanti a lui. Il giovane probabilmente stava dicendo la verità ma c'era ancora qualcosa in lui che metteva in allerta il duca.

«Potete riferire a *Madame de Chavigny* che avete svolto il vostro compito» dichiarò e con un cenno ai suoi servitori congedò il cavaliere, prendendo una delle lettere sul sottomano. «Lasciate il pacco sulla mia scrivania.»

«Chiedo scusa, *Monsieur le Duc*, ma c'è dell'altro. *Madame de Chavigny* è stata esplicita nel darmi istruzioni per la consegna del regalo di compleanno.» Quando il duca alzò lo sguardo dalla lettera ma non disse niente, il cavaliere deglutì visibilmente. «*Madame de Chavigny* è stata molto energica, ha insistito e mi ha fatto promettere sul mio onore che avrei consegnato il regalo nelle mani di *Madame la Duchesse* in persona.»

La reazione del duca fu inaspettata. Ridacchiò, un suono profondo, di gola. Mettendo da parte la lettera, guardò il cavaliere, senza traccia di buonumore. «Avete manifestato la vostra ignoranza, *monsieur*. Non conoscete *Madame de Chavigny* bene quanto pensate altrimenti sapreste che mia zia non è mai, ehm, energica.»

«Ma, *Monsieur le Duc*, non vorrei contraddirvi, ma *Madame de Chavigny* ha insistito. Sì! Insistito che consegnassi il regalo di persona. È stata lei che...»

«Basta! Sappiate che se mai vi avvicinerete di nuovo alla mia casa o a qualunque membro della mia famiglia, sarete rispedito da dove siete venuto per non tornare più. Buona giornata, *monsieur*.»

Il duca fece un cenno ai suoi servitori. Sapevano che cosa dovevano fare.

Il cavaliere guardò a destra e a sinistra, e sgranò gli occhi per il panico quando lo sollevarono per i gomiti. Fissò il duca, che gli aveva voltato le spalle e stava andando alla parete foderata di scaffali. Togliere un libro in particolare apriva la scala segreta. Il duca lasciò la stanza con questo metodo, senza un'alta parola e senza voltarsi per accertarsi se i suoi servitori avessero liquidato il visitatore indesiderato.

Tra di loro, i domestici trascinarono il cavaliere fuori dalla biblioteca e fuori dalla villa, scaricandolo poco cerimoniosamente sui ciottoli della strada. Il cavaliere si rimise in piedi e si spazzolò le calze e i calzoni. Fu solo allora che si rese conto che non aveva più con sé il regalo di compleanno legato con un nastro di satin. Imprecò tra sé e sé. Quando lo avevano sollevato, uno dei domestici doveva averglielo sottratto, gettandolo sulla scrivania.

IL REGALO PER LA DUCHESSA, con la lettera nascosta nell'involucro, aveva lasciato la biblioteca nella tasca del duca.

DICIASSETTE

IL DUCA E LA DUCHESSA si vestirono con particolare cura per il pranzo di compleanno di Antonia. Volevano apparire al meglio l'uno per l'altro.

Roxton indossava un completo di velluto nero con pizzo d'argento ai risvolti, al colletto e alle patte delle tasche profonde. Il gilè di seta bianca era delicatamente ricamato davanti con filo d'argento e paillettes. Le fibbie al ginocchio e quelle sulle scarpe di pelle nera erano incrostate di diamanti. L'unico suo gioiello, a parte lo smeraldo ducale al dito, era una piccola fibbia da camicia, a forma di cuore, con incastonati smeraldi e diamanti: il regalo di Antonia per il suo compleanno.

La *robe à la française* di Antonia, con le sottogonne in tinta era di seta, del rosa più pallido con ricami di filo d'argento. La pettorina e i pannelli anteriori dell'abito erano decorati di *ruche* serpeggianti e gli *engageantes* ai gomiti delle maniche aderenti erano del più fine pizzo di Bruxelles. Le scarpe con il tacco erano rivestite della stessa seta rosa dell'abito e anch'esse erano ricamate con filo d'argento. Portava la collana di smeraldi e diamanti che il duca le aveva regalato il compleanno precedente; gli orecchini e un braccialetto in *parure* erano stati il suo regalo il giorno del loro matrimonio. I capelli color miele dorato erano raccolti in trecce, arrotolati e intrecciati con nastri di seta rosa. La pettinatura era completata da una delicata *aigrette* di piume d'oro con incastonate dozzine di piccoli diamanti, un altro regalo del suo amato, presentata il giorno della nascita del loro bambino.

Antonia aveva scelto un ventaglio di *gouache* che si intonava al vestito. E quando fu soddisfatta del suo riflesso nello specchio nell'angolo del suo spogliatoio, ringraziò le sue cameriere, prese il ventaglio e si affrettò per le stanze, lungo l'*enfilade*, in cerca del duca. Ma non era nelle sue stanze. Il nuovo valletto, Geraghty, la salutò con la notizia che avrebbe trovato *Monsieur le Duc* che l'aspettava nel salotto accanto alla sala da pranzo.

Antonia lo trovò lì, in piedi accanto alla portafinestra, che conversava con Martin Ellicott. Vederli insieme le fece venire le lacrime agli occhi per la felicità. Sbatté in fretta le palpebre per liberarsene prima di andare da loro con un sorriso radioso.

«Mi dispiace di essere in ritardo, ma Gabrielle non trovava la spilla per i capelli» disse loro Antonia, inconsciamente toccando l'*aigrette*. Spalancò gli occhi e scosse la testa. «Ma era sempre stata lì, sul tavolo da toletta!» Mise le dita sul braccio del duca, dicendo a Martin: «Come avete passato la vostra prima mattina di libertà, Martin?»

«Libertà? State dicendo che Martin è un liberto dell'impero, *ma belle*?»

Antonia gli rivolse un'occhiata maliziosa, poi disse a Martin con un dolce sorriso inarcando le sopracciglia: «Com'è possibile che Martin sia qualunque altra cosa, se voi siete l'imperatore?» Quando il duca sorrise, lei sussurrò: «Voi siete il mio Augusto, anche se io non sono una Livia...»

«Se io sono il vostro Augusto, allora voi siete la mia Livia» ribatté il duca. «E lo sopporterò come meglio posso.»

Antonia sospirò e annuì, fingendosi sconsolata. «E voi potete ritenervi fortunato che questa Livia non sia arrivata al nostro matrimonio con un primo marito ripudiato e due figli già pronti per cui dovete preoccuparvi.»

«Questi impedimenti non hanno fermato Augusto e di certo non avrebbero fermato me» ribatté il duca, aggiungendo con un sorriso tenero: «Vi avrei sposato comunque, *ma vie*.»

«E questo mi rende veramente felice! Ma sono anche lieta di non avere un primo marito abbandonato, perché non mi piace l'idea di rendere infelice qualcuno. E lui sarebbe stato molto infelice, non credete? Immaginate vivere sapendo che appena sua moglie, *moi*, avesse visto voi, non avrebbe più rivolto un pensiero a lui. Ed è ciò che successe tra Livia e Augusto.»

Il duca rise forte, e anche Martin, con somma sorpresa di quest'ultimo, tanto che si portò una mano alla bocca. Antonia si chinò verso Martin, dicendo con una luce negli occhi. «Mi dispiace ma dovrete sopportare le nostre frivolezze. Non facciamo cerimonie con la famiglia. Non è così, *Monseigneur*?»

«Credo che Martin sia perfettamente al corrente da parecchio tempo delle nostre, ehm, frivolezze, *ma fée*. E che sia la persona che meglio sa quando, ehm, chiudere gli occhi e le orecchie.» Quando Antonia spalancò gli occhi, dicendo «Oh!», il duca le fece l'occhiolino. «Proprio così, *mignonne*.»

«*Monseigneur* non avrebbe potuto scegliere momento migliore per rendervi un gentiluomo di mezzi» commentò confidenzialmente Antonia a Martin. «Perché la notte scorsa ci hanno portato Julian nel mezzo della notte ed era talmente agitato che le sue urla hanno svegliato tutti i nostri servitori. Il primo pensiero di *Monseigneur* è stato che la casa doveva essere in fiamme! Ne ricordo solo la metà perché tutto ciò a cui riuscivo a pensare era *mon pauvre petit garçon*. Ma *Monseigneur* mi dice che tutti erano spaventati e tremanti, assonnati e mezzi svestiti, il che era comico. E il povero Juju non smetteva di piangere. E poi, quando non sapevo più che cosa fare, *Monseigneur* ha avuto l'eccellente idea che io cantassi per nostro figlio. E l'ho fatto, in italiano.»

«Ed è servito, *Madame la Duchesse?*» chiese educatamente Martin, con un'occhiata al duca che fissava il soffitto.

Antonia vide l'occhiata e ridacchiò. «No. Ma credo che sia servito a distrarre il suo esasperato papà.»

«Avete una bellissima voce, *ma vie*. L'ho sempre detto.»

«È vero, quando riuscite a sentirmi!» ribatté Antonia. «Ma è servito anche a me. Perché cantare mi ha distratto un po'. E poi il problema è andato a posto da solo e Julian ha smesso di piangere.» Schioccò le dita. «Proprio così.»

«Come, *Madame la Duchesse?*» chiese Martin, sinceramente curioso.

«Ciò che è infinitamente più interessante» disse il duca, sperando di cambiare il tono della conversazione, «è la risposta alla domanda che avete fatto a Martin, su come ha passato la sua, ehm, mattinata di libertà.»

Antonia e Martin lo ignorarono.

«È successo mentre *Monseigneur* stava camminando avanti e indietro nella nostra camera con Julian appoggiato alla spalla» confidò Antonia a Martin. Piegò la testa, come riflettendo, con il ventaglio chiuso appoggiato sul mento. «Penso che fosse il fatto di tenerlo diritto, il movimento e massaggiargli la schiena. L'hanno fatto succedere tutte queste cose insieme.» Afferrò la manica di Martin e disse, meravigliata e senza fiato: «Mio figlio ha fatto il rutto più forte che abbia mai sentito! È vero, vi dico. Non avrei mai pensato che fosse possibile che un esserino così piccolo facesse un suono simile se non l'avessi sentito con le mie orecchie, ma l'ha fatto!»

«Martin può non avere esperienza di bebè, *mignonne*, ma non ce n'è bisogno per sapere che sono capaci delle emissioni più *sorprendenti*. E non dubito che, col tempo, se Martin è fortunato, sarà presente a tutti i più significativi sviluppi di nostro figlio. E ne sarà affascinato come noi.»

«Potete contarci, Vostra Grazia» rispose Martin, con tutta la dignità che riuscì a raccogliere, tentando di sopprimere una risata all'immagine mentale di questo nobile austero con un infante ruttante sulla spalla.

Il duca inclinò la testa, mimando «Grazie» con la bocca e poi fece un cenno a un servitore con un vassoio che si avvicinò e offrì loro calici di champagne. Li presero con piacere e il duca propose un brindisi.

«Faremo a pranzo il brindisi ufficiale di compleanno» disse il duca. «Ma non potevo lasciar passare l'opportunità per noi tre di alzare i bicchieri a voi, Martin.»

«Grazie, Vostra Grazia» rispose diffidente Martin. «Confesso di essere ancora sotto choc...»

«E non siete l'unico!» esclamò il duca.

«Vi riferite al personale, Vostra Grazia?» chiese Martin. «Ammetto che è stato strano avventurarmi oltre la porta verde per fare i miei saluti, ma è stato facilitato dalle circostanze. Erano tutti talmente occupati a preparare i festeggiamenti per oggi che non ho voluto disturbare il loro lavoro. E nessuno era più preso di Jean-Camille che con l'aiuto di parecchi membri del personale della cucina stava inscatolando dozzine di macaron da mandare all'Hôtel...»

«*Monseigneur*, avete fatto mandare dei macaron a Parigi?» lo interruppe Antonia, meravigliata. «Per tutto il personale?»

«Sì. Ho pensato che fosse un bel gesto se non solo mia sorella, ma tutto il personale dell'Hôtel, e qui, avesse ricevuto dei macaron in onore del vostro compleanno.» Il duca sorseggiò lo champagne, compiaciuto. «Non posso prendermi il merito dell'idea, ma ammetto di aver inaugurato la tradizione annuale di distribuire macaron tra i servitori e la famiglia per festeggiare il compleanno di *Madame la Duchesse*...»

«Oh, mi piace moltissimo l'idea di una tradizione!» dichiarò Antonia, battendo le mani entusiasta. «Avete reso questa giornata doppiamente felice, *Monseigneur*. Grazie. È come se avessi potuto realizzare due desideri, mentre ne avevo espresso solo uno. Ma, per favore, Martin, che cosa avete fatto questa mattina nel vostro appartamento privato?»

«Non riesco a immaginare che siate rimasto a dormire per occupare un paio d'ore» disse sorridendo il duca.

«Dopo essermi alzato per due decenni con il sole, Vostra Grazia?» Martin scosse la testa. «Ma mi ha dato tempo a sufficienza per scrivere diverse lettere prima della colazione e il mio appuntamento con il sarto. Ho scritto… ho scritto… scusatemi…»

Quando si prese un momento per bere un sorso di champagne, con la gola di colpo stretta e lacrime negli occhi, il duca e la duchessa si scambiarono un sorriso complice. Per riempire il silenzio imbarazzato che non voleva che Martin patisse, Antonia era sul punto di chiedere al duca dove fosse lord Vallentine, che era sicuramente in ritardo per i festeggiamenti, quando Martin ritrovò la voce e continuò.

«La prima persona cui ho scritto è mia madre.»

Il duca fu sorpreso. «La signora Ellicott è…» Era stato sul punto di dire "viva" ma si corresse in fretta. «Sta bene?»

«Benissimo, veramente, Vostra Grazia» rispose Martin con un sorriso. «Vive in fondo al vostro villaggio di Alston, in una bella casa che dà sul fiume.»

«Quella casa appartiene a *Monseigneur*?» chiese Antonia.

«Tutto il villaggio mi appartiene, *ma belle*» disse il duca. Aggrottò la fronte e chiese a Martin: «Ho un vago ricordo di Ellicott che mi parlava dello stato di quelle case…»

«Mio padre avvicinò Vostra Grazia non molto dopo la morte del quarto duca perché la situazione era disastrosa. Vi informò del triste stato di incuria del villaggio e delle case di molti affittuari. Sono sicuro che non ricorderete la sua richiesta, in special modo perché noi, voi e lord Vallentine, io e parecchi di altri servitori, eravamo occupati a organizzare la vostra partenza per gli Stati italiani e le isole greche.»

«E *Monseigneur* ovviamente ha fatto riparare tutte le case» dichiarò con sicurezza Antonia.

i Duchesse» confermò Martin. «Dentro e fuori,
… ia un tetto e un comignolo nuovi. E fece rico-
… el villaggio in modo che quelli sulla riva sinistra
… sare in sicurezza, senza dover fare il viaggio di due
… etre da guado.»

Antonia sorrise al duca. «Mio padre non aveva detto che il vostro guscio annerito nascondeva una moltitudine di cose decenti? *En voici la preuve!*»

«La vostra incrollabile fiducia in me è una delizia rassicurante e costante, *chère épouse*» rispose il duca con un sorriso schivo. «Ma credo, specialmente in rapporto al villaggio di Alston, che se ho in effetti fatto riparare le case e ricostruire il ponte, devo averlo fatto per motivi non completamente altruistici. Devo aver reagito e non agito, e tutto perché era l'ultima cosa che avrebbe desiderato mio nonno. Era un tiranno spilorcio.» Roxton alzò il bicchiere e sorrise. «Cosa per cui sono eternamente grato, perché mi ha lasciato una fortuna enorme…»

«Che avete usato per aiutare gli altri» dichiarò fermamente Antonia. «E non dite il contrario perché io so che è così» disse a Martin prima che il duca potesse reagire. «Quanto torneremo a Treat, vorrei veramente conoscere vostra madre. Verrò io da lei. È accettabile?»

«Lei ne sarebbe onorata, *Madame la Duchesse*. Ma forse, forse potremmo andare insieme…?»

«Sì! È un'idea meravigliosa, Martin.»

Il duca alzò il mento con un'espressione severa. «Non crediate che non sappia che cosa sta succedendo tra voi due! Appena vi sarete sedute a bere il tè e mangiare dolcetti, chiederete alla signora Ellicott di raccontarvi di me da ragazzo. No! Non tentate di negarlo!»

Antonia lo guardò innocentemente sgranando gli occhi. «Ma, *Monseigneur*, non avevo nessuna intenzione di negarlo! È esattamente quello che ho intenzione di fare!»

Il duca e Martin la guardarono, si guardarono e scoppiarono a ridere. Fu in quell'esatto momento che lord Vallentine entrò nel salotto. Ma ciò che fece morire la risata e far apparire lo stupore sulle

«Sì, *Madame la Duchesse*» confermò Martin. «Dentro e fuori, fornendo a ciascuna un tetto e un comignolo nuovi. E fece ricostruire il ponte del villaggio in modo che quelli sulla riva sinistra potessero attraversare in sicurezza, senza dover fare il viaggio di due miglia fino alle pietre da guado.»

Antonia sorrise al duca. «Mio padre non aveva detto che il vostro guscio annerito nascondeva una moltitudine di cose decenti? *En voici la preuve!*»

«La vostra incrollabile fiducia in me è una delizia rassicurante e costante, *chère épouse*» rispose il duca con un sorriso schivo. «Ma credo, specialmente in rapporto al villaggio di Alston, che se ho in effetti fatto riparare le case e ricostruire il ponte, devo averlo fatto per motivi non completamente altruistici. Devo aver reagito e non agito, e tutto perché era l'ultima cosa che avrebbe desiderato mio nonno. Era un tiranno spilorcio.» Roxton alzò il bicchiere e sorrise. «Cosa per cui sono eternamente grato, perché mi ha lasciato una fortuna enorme...»

«Che avete usato per aiutare gli altri» dichiarò fermamente Antonia. «E non dite il contrario perché io so che è così» disse a Martin prima che il duca potesse reagire. «Quanto torneremo a Treat, vorrei veramente conoscere vostra madre. Verrò io da lei. È accettabile?»

«Lei ne sarebbe onorata, *Madame la Duchesse*. Ma forse, forse potremmo andare insieme...?»

«Sì! È un'idea meravigliosa, Martin.»

Il duca alzò il mento con un'espressione severa. «Non crediate che non sappia che cosa sta succedendo tra voi due! Appena vi sarete sedute a bere il tè e mangiare dolcetti, chiederete alla signora Ellicott di raccontarvi di me da ragazzo. No! Non tentate di negarlo!»

Antonia lo guardò innocentemente sgranando gli occhi. «Ma, *Monseigneur*, non avevo nessuna intenzione di negarlo! È esattamente quello che ho intenzione di fare!»

Il duca e Martin la guardarono, si guardarono e scoppiarono a ridere. Fu in quell'esatto momento che lord Vallentine entrò nel salotto. Ma ciò che fece morire la risata e far apparire lo stupore sulle facce della duchessa e di Martin Ellicott, fu il fatto che Vallentine aveva in braccio l'orgoglio e la gioia del duca e della duchessa. Il duca, però non ne fu completamente sorpreso. Alzò l'occhialino per fissare con un sorriso soddisfatto il suo miglior amico, dalla fibbia delle scarpe fino alla parrucca incipriata. Avevano obbedito alla lettera ai suoi ordini.

Dietro a sua signoria veniva una truppa di bambinaie e camerieri che portavano l'armamentario di un bambino. E quando lord Vallentine attraversò la stanza, questa truppa andò nella sala da pranzo per scaricare la culla di vimini, coperte, cuscini, abiti da bambino, bavaglini e un assortimento di sonagli. Due delle bambinaie più esperte rimasero indietro per fornire il loro aiuto con il bebè ducale durante il pranzo, se e quando fosse stato necessario.

Lord Vallentine aveva fatto pochi passi sul tappeto quando Antonia si affrettò ad andare da lui, in un fruscio di sete, piena di sorrisi e tutti per il suo bambino, il cui faccino si aprì in un sorriso vedendo il volto amatissimo di sua madre. Lei gli parlò con la voce che usava esclusivamente per lui, facendogli il solletico sotto il mento grassoccio, baciandogli il pugno e chiedendogli se avesse fatto il bravo *pour ton oncle et parrain.*

A Vallentine sarebbe piaciuto consegnare il nipote, ma dato che Antonia aveva ancora in mano la *flûte* di champagne e il duca si era avvicinato ma non si era offerto di prendere suo figlio, continuò a tenere in braccio il pargolo ducale, annunciando soddisfatto: «È stato abbeverato, lavato e infagottato. E per due volte dato che era già stato lavato e vestito quando c'è stato un incidente. Indossa il suo secondo miglior abitino. E che procedura! Accidenti!» Alzò gli occhi al cielo e sbuffò. «Non ho mai saputo che potesse uscire tanto da un esserino così piccolo, e a quella velocità, oltretutto!»

«E adesso lo sai» lo prese in giro il duca.

«Mio povero bambino. Spero che adesso il tuo pancino si sia sistemato» disse Antonia al suo pargoletto, prima di guardare sospettosa suo cognato e suo marito. «Sono felice che abbiate passato del